D1727545

scheriau
kremayr

Lilly Gollackner

DIE SCHATTENMACHERIN

Roman

Kremayr & Scheriau

1

Müsste ich sie in einem Bild festhalten, denkt Ruth, es wäre dieses: Die goldene Pinzette an ihrem Kinn im Sonnenschein. Geschwollene, breite Beine, die Füße fest am Boden, den Unterkiefer vorgereckt. In der einen Hand den plastikgefassten Spiegel, in der anderen das goldene Werkzeug mit den scharfen Kanten, viel zu scharf, nichts für Kinder, so verführerisch im Ledertäschchen in der Schublade neben dem Kühlschrank, Messer, Gabel, Schere, Licht: Finger weg und abwarten, bis man der Verantwortung derer entwachsen ist, die sich fürchten. Der helle Tag flutete den Raum, suchte sich seinen Weg über den Linoleumboden und die Einbauküche und die gestapelten Enkelkinder in goldenen Bilderrahmen, der helle Tag kam zu ihr, weil sie schon seit Jahren nicht mehr zu ihm kam. Und mit ihrem Körper stellte sie sich ihm, einer romanischen Kathedrale gleich, in den Weg. Machte mir Schatten, denkt Ruth. Sie stand da wie eine Bulldogge, ihr eigener Kettenhund, der die Dame in ihr beschützte, die dunklen Härchen an Kinn und Oberlippe ausriss, in schnappend schnellen Bewegungen, und der das vertreiben sollte, was sie auch war, aber nicht sein durfte. »Wenn du lächeln würdest, dann wärst du so ein hübsches Mädchen«, sagte sie immer zu Ruth. Und Ruth drehte sich um und rannte der Großmutter und ihrem Irrtum davon, denn: Sie war weder hässlich noch hübsch, sie war auch kein Mädchen, sie war ein Kind und sie war frei.

Es klopft an der Tür.
»Ja, bitte?« Ruth dreht sich um.
Alev steckt vorsichtig den Kopf herein.

»Das Orchester ist so weit. Du wirst erwartet.«

»Noch einen Moment«, sagt Ruth freundlich. »Ich bin gleich bei euch.«

Alev nickt, ihre dunklen Augen verstecken sich in den Falten ihres Lächelns. Wie akrobatisch die Haut eines jungen Menschen doch ist, denkt Ruth. Wie viel sie auszudrücken vermag, bis sie irgendwann der Verstellung müde wird und in dem Ausdruck verharrt, den das Leben ihr aufdrängt. Alev schließt behutsam die Türe. Und Ruth dreht ihren alten Körper zurück in Position, zur direkten Konfrontation mit ihrem eigenen Spiegelbild.

70 Jahre. Nichts von dem, was sie sieht, gleicht dem Anblick ihrer Großmutter in diesem Alter. Keine Kochtöpfe. Keine Enkelkinder. Keine zupfenden Pinzetten. Keine sonnendurchfluteten Räume. Ruth greift nach der blauen Tube vor ihr auf dem Tischchen. Sie drückt einen Tropfen der Protektionscreme auf ihre linke Handfläche und tupft ihn mit den Fingern der anderen Hand auf Haaransatz, Ohren und Kinnleiste. Nur wer mit Sorgfalt arbeitet, überlebt. Wer wüsste das besser als sie selbst? Sie massiert den öligen Film in ihre Haut ein. Nimmt noch einen Tropfen für die Teile der Arme, die nicht von ihrer Tunika bedeckt werden, streicht die Creme nach vorne bis zu den Fingerspitzen. Für die Festlichkeiten hat Alev zehn Meter Reflexon-Leinen in salbeigrün mit matter Oberfläche besorgt. Eine Sensation.

»Fast wie früher, oder?«, meinte sie unsicher, als sie ihr den Stoff zeigte. *Früher* war Alev noch nicht am Leben. Sie kennt es aus Erzählungen. Sehnt sich danach. Ruth weiß, dass das, wonach sich Alev sehnt, nicht mehr ist als ein löchriges Netz aus Nostalgie und Verklärung. Ruth erinnert sich nur zu gut. An das, was alle anderen aussparen. Und Ruth kann sehr gut leben mit

6

den glänzenden Oberflächen der neuen Stoffe. Mit den vielen Vorschriften, die Schutz bieten. Mit der Reduktion aufs Wesentliche. Doch Ruth hat ein Herz, auch wenn manche etwas anderes behaupten würden. Deshalb antwortete sie: »Wie aufmerksam von dir, meine liebe Alev.«

Und das Salbeigrün steht ihr, keine Frage. Ruth nimmt die dazugehörige Kappe und drückt sie sich auf den Kopf. Sie passt wie angegossen. Alev kennt selbstverständlich ihre Maße. Ein weiterer glücklicher Umstand ihres erfüllten Lebens: Eine Person wie Alev in ihrer Nähe zu haben. Ruth lächelt sich selbst im Spiegel zu. Du hast es weit gebracht, denkt sie. Dann steht sie auf.

Vor der Tür wartet Alev mit den anderen. Als sie sie sehen, beginnen sie zu klatschen, Ruths Hände werden geschüttelt, ihre Schultern geklopft. Eine Wolke der Zuneigung trägt sie durch die Halle, als sie weiterschreitet, in ihrem eigenen Tempo, mit einer Menschentraube hinter sich. Alev tänzelt zwei, drei schnelle Schritte vor Ruth, um ihr die Türen zum Balkon zu öffnen. Und Ruth tritt hinaus, schwebt plötzlich über einem Meer aus Köpfen. Welch lächerlich monarchische Geste, denkt sie. Doch wir mussten sie beibehalten. Der Sicherheit wegen.

Jetzt tritt sie an die Balustrade, und die Menschen unter ihr reißen die Arme in die Luft und jubeln. Das Orchester setzt ein. Es spielt ein beschwingtes Geburtstagslied, das sie nicht kennt, mit treibenden Trommeln und schrillen Trompeten. Die Menschen auf dem Platz tanzen dazu. Ruth lächelt. Sie hebt den Blick. Über ihr spannen sich die mächtigen Kuppeln, sie schwingen sich in halbtransparenten Bögen über die Straßen und Dächer, wie die Hände einer höheren Macht, die sich schützend über sie legen. Das gedämpfte Licht markiert

die Grenzen der bewohnbaren Welt. Du hast sie mitge-
baut, denkt Ruth. Aufgebaut. Von der Trümmerfrau zur
Führerin. Sie sieht die Gesichter unter sich, die alten und
die jungen. Sie weiß, wie viel sie durchgemacht haben.
Wie viele Verluste sie erlitten haben. Es liegt an ihr,
Ruth, diesen Schmerz zu nehmen und in etwas Positives
zu verwandeln. Ihnen klarzumachen, dass sie den Blick
wenden müssen: Weg von der Vergangenheit, hin zur
Zukunft. Und um die alten Wunden nicht aufzureißen,
wird sie all jene da unten nur als Menschen bezeichnen,
denn das sind sie: Menschen. Mehr noch, die Zukunft
der Menschheit. Das ist es auch, was ihnen Hoffnung
geben wird. Wir sind noch da. Wir geben nicht auf.

Doch insgeheim, für sich selbst, weiß Ruth, was sie
sind.

Es sind *Frauen.*

Jede einzelne von ihnen. Die Kinder, die Jungen, die
Alten. Jeder Mensch, der heute auf diesem Platz unter
ihr steht, der am Podium ein Instrument im Orchester
spielt oder ihr eine Tür öffnet, ist nach biologischen Kri-
terien als weibliches Exemplar der Spezies Homo sapiens
zu definieren. Ruth ist die Anführerin einer Welt, die
nur aus Frauen besteht.

2

Der Tanz der Schulkinder. Der erhöhte Stuhl, auf dem Ruth sitzt. Die erhobenen Gläser in blassem Blau, mit zitternder Wasseroberfläche von der Anspannung des Tages.

»Warum?«, hatte Ruth Alev gefragt.

»Rituale«, hatte die nur gemeint.

Rituale. Rituale.

Pola sitzt neben ihr, ganz spöttisches Grinsen.

»Hasst du Rituale noch immer so sehr wie früher?«, raunt sie ihr zu. Bläuliche Adern ziehen sich über Polas Hand, die das Glas umklammert. Die Verästelungen ähneln dem Wasser, das sie trägt. Als wären sie der Fluss, als würden sie den Glasinhalt speisen.

»Wir warten auf dich«, flüstert Pola.

Ruth atmet tief ein. Sie steht auf.

»Danke!«, ruft sie in den Raum. Alle 50 Augenpaare sind auf sie gerichtet. »Für so vieles. Danke dem Wasser, das uns leben lässt. Danke der Zeit, die uns geschenkt wurde. Und danke euch. Ihr habt diesen Tag zu etwas sehr Besonderem gemacht. Salut!«

»Salut!«, schreien die Geladenen ihr entgegen, dann nehmen sie alle einen Schluck, und endlich setzen sie ihre Gläser ab und beginnen, miteinander zu reden. Lassen von ihr ab. Pola beobachtet Ruth, die geistesabwesend zu Messer und Gabel greift.

»Du hast es geschafft«, sagt sie.

Ruth hält inne und mustert sie.

»Was habe ich geschafft?«

Die Doppeldeutigkeit der Aussage war offenbar keine Absicht. Pola neigt den Kopf und lächelt der Freundin zu. Versucht, den Panzer zu durchdringen.

»Sehr viel hast du geschafft, meine liebe Ruth«, sagt sie. »Großartige Verdienste, die ja heute bereits zu Hauf erwähnt wurden.« Auch Pola nimmt die Gabel zur Hand und beginnt zu essen.

»Die Länge der Laudatio war übrigens eine Zumutung. Bestimmt hat Alev sie verfasst, habe ich recht? Aber was ich eigentlich gemeint habe, war etwas anderes.«

Sie tunkt noch etwas Brot in die Marinade des Artischocken-Carpaccios, schiebt sich einen hauchdünnen Streifen In-vitro-Dorsch darauf, stopft sich den Mund voll und redet trotzdem weiter.

»Köstlich! Wirklich köstlich. Nein, meine Liebe, ich meine *heute*. Diesen Tag. Diesen unerträglichen Klimbim.«

Ruth lächelt. Ja genau, das trifft es gut.

»Was jetzt kommt, ist reine Kür. Ein bisschen Gesichtswäsche, ein bisschen Plauderei, und dann kannst du wieder das tun, was du am liebsten machst.«

»Und das wäre?«, fragt Ruth.

Pola schaut sie an. Und Ruth denkt: Plötzlich bist du 70, deine Unbeschwertheit ist fünf Leben entfernt, und die Beziehungen, die du eingegangen bist, freiwillig oder unfreiwillig, stehen Schlange und warten darauf, dir zu etwas zu gratulieren, wofür du so gut wie nichts getan hast. Noch da zu sein – reicht das aus?

»Arbeiten«, sagt Pola.

Ein leichtes Tippen an Ruths Schulter: Alev.

»Hier ist jemand für dich.«

Ruth tupft sich den Mund ab und legt die zerknüllte Serviette neben ihren Teller. Sie wird sie heute nicht mehr brauchen. Etwas ungelenk erhebt sich Ruth von ihrem Sessel, schält sich aus den stützenden Handlehnen. Neben Alev steht eine Frau, Ende 20 circa. Ihre dunklen Augenbrauen fordern Aufmerksamkeit, Kohlestriche auf weißem Sand. Sie stehen im krassen Kontrast zu den hellen, kurzen Haaren. Eine junge Sharon Stone, könnte Ruth sagen, doch warum sollte sie? Verglühte Sterne eines überwundenen Hegemonietreibers. Kodex 3-15, die verbotenen Medien. Kein Mensch unter 40 kennt diese Dinge noch, und keiner von ihnen wird sie je wieder zu sehen bekommen. Dafür wird Ruth sorgen, mit aller ihr zur Verfügung stehenden Kraft. Ich. Und bald auch schon du, denkt Ruth.

Ania.

Die Hoffnung der gesamten verbliebenen Welt, sie lächelt Ruth an: siegessicher, und doch unterwürfig genug, dass Ruth es ist, die die Hand als erste ausstreckt und Ania begrüßt. Ihr Händedruck ist elastisch und verbindlich zu gleichen Teilen.

»Wie schön, dich hier zu sehen.«

»Wie könnte ich das verpassen«, sagt Ania.

Ruth lächelt, ein Lächeln wie ein Pfeil. Sie hat die Anspielung sehr wohl verstanden. Und sie mag den kühlen Humor dieser Frau. Ania ist ihr ähnlich. Sie versteht, warum sie ausgewählt wurde. Ania hat ihre Sache gut gemacht. Sie hat keine Miene verzogen, weder bei den körperlichen Untersuchungen noch bei den Befragungen. Hat jeden Test bestanden. Ruth wird nicht vergessen, wie Ania sie angesehen hat. Eine Frage, klebrig und anrüchig wie gebratenes Fett. Wenn sie die Möglichkeit hätte, entweder einen geliebten oder 30 unbekannte Menschen zu retten – wie würde sie sich entscheiden? Die alten Weiber spielten ein grausames Spiel. Mit der Macht kommt der Sadismus, sagt Pola oft, welche Freude hätten wir denn sonst noch am Leben? Ruth nimmt an, dass die Frage von Pola stammte.

Ania saß in der Mitte, zugleich emporgehoben und geröstet vom Stieren der Ältesten. Sirouk mit ihren hängenden Wangen. Farina, steif wie immer, mit übergeschlagenen Beinen und dem Hintern an der Stuhlkante. Nur nicht zu viel Kontakt, nur kein Gewicht zeigen. Und selbstverständlich Duma. Ihr wuchtiger Körper schien den Stuhl, auf dem sie saß, geradezu zu verschlingen. Ein Tribunal aus Erfahrung und Häme.

Ania, die Jüngste, bewahrte Ruhe. Nur die schwarzen Striche in ihrem Gesicht kräuselten sich leicht. Anstatt einzuknicken, drückte sie ihren Rücken durch. Sie musterte jede einzelne der alten Richterinnen vor ihr. Sie schaffte es, dass die sich schämten für ihre Überheblichkeit, für den Glauben, jemanden erwählen zu können in einer Epoche, in der alle die Wahl längst verloren hatten. Dann fiel ihr Blick auf Ruth, und dort blieb er. Langsam sagte Ania:

»Können wir es uns leisten, nur einen einzelnen Menschen zu lieben? Ist nicht die Liebe zu allen Menschen das, was uns retten wird? Die Überwindung der Unterschiede als Preis für das Leben, das uns bleibt?«

»Du bist eine willkommene Abwechslung an diesem ereignisreichen Tag«, sagt Ruth. »Lass uns am besten gleich beginnen.«

Sie deutet Ania, ihr zu folgen. Mit festen Schritten geht Ruth voran. Im hohen Marmorgewölbe hallen ihre Schritte nach, doch kaum jemand hebt den Kopf, als die beiden Frauen den Festsaal durch eine rotbraune Intarsien-Tür verlassen. Sonnen und Kreuze, aus kleinsten Holzstücken, ineinander verkeilt. Die Tür fällt ins Schloss. Vor ihnen erstreckt sich die Privatsphäre der Führungsriege: Der lange Gang, der zu den Besprechungsräumen und Ruths privatem Arbeitszimmer führt. Hier ist Ania noch nie gewesen. Sie wird langsamer, ihr Kopf geht hin und her, der Mund genauso weit offen wie ihre Augen.

Weg ist die weltgewandte Attitüde, das Gebäude bleibt seiner Aufgabe treu: Ehrfurcht zu erzeugen vor den Dingen, die größer sind als wir. Die uns überdauern werden.

»Wie alt ist das?«, fragt Ania, ihre Stimme nicht mehr als ein Hüsteln hinter vorgehaltener Hand.

Ruth holt tief Luft.

»Das Haupthaus stammt aus dem Jahr 1527. Der linke Flügel…« – Ruth streckt den Arm aus, krallt sich die Welt mit ihren schwieligen Händen. Schau, sagt die Hand, schau durch das große Bogenfenster. Gelb und braun bricht sich das Licht in den Mosaiken, wieder Sonnen, aus geschliffenem Glas, durchbrochen von Luftbläschen.

»… wurde im 17. Jahrhundert dazugebaut. Wohnräume für die Königsfamilie. Offiziell kamen sie hierher, um dem dienenden Volke näher zu sein als auf den Landsitzen und in den feinen Schlössern der eroberten Gebiete.« Jetzt lacht Ruth laut auf.

»Eine Farce. Es ging selbstverständlich um Kontrolle. Der Köter folgt dann am besten, wenn er den Knüppel direkt vor der Schnauze hat. Schau, da sind sie schon! Zumindest vier von ihnen.«

Vater, Mutter, zwei Kinder, mit schmallippigen Gesichtern und hohlen Augen. Meterhoch erheben sie sich im bogenförmigen Fenster aus buntem Glas, zusammengehalten von Adern aus Blei.

Ruth ignoriert sie und stapft weiter. Ihr Schatten am Boden zeigt ihr, wer sie ist: die Schultern zu weit vorne, die Hände einsatzbereit an den Hüften baumelnd. Eine Anpackerin, keine Königin.

»Und rechts…«

Ania bleibt stehen. Ruth hört es, aber sie spürt es auch, Anias Zögern in ihrem Rücken.

»Rechts ist nichts«, sagt Ania. Das ist keine Feststellung. Es ist – Angst?

Ruth steht jetzt ebenfalls. Sie dreht sich um. Grünblaues Licht, das durch die gläsernen Körper der Könige fällt, legt sich wie eine Krankheit auf Anias Stirn. Nein, sie wird die junge Frau mit der Vergangenheit nicht alleinlassen.

»Rechts ist nichts *mehr*«, sagt sie vorsichtig. »Ein gezielter Angriff im zweiten Verdichtungskrieg.«

Ania starrt auf das Nichts. Die Sehnsucht in ihren Augenwinkeln, denkt Ruth. Unerträglich.

»Wir haben die Mauerreste entfernen lassen,« sagt Ruth.

Anias Finger zupfen an ihren Lippen, doch sie stellt keine Fragen. Ruth nimmt ihr Tempo wieder auf. Im Gehen sagt sie:

»Platz für die Lazarette. Die Rettung der Lebenden war wichtiger als die Denkmäler für die Toten.«

Hinter sich hört sie Ania stolpern, dann aufholen. Ruth lächelt: Jetzt ist Ania in der richtigen Verfassung. Jetzt können sie beginnen.

»Bitte schließ die Tür hinter dir«, sagt Ruth. Die Kühle des steinernen Gebäudes: ein grauer Schatten im Raum. Ruth zieht den Vorhang ein wenig zur Seite und nimmt auf ihrem Arbeitsstuhl Platz. Sie nickt Ania zu, deutet auf den leeren Stuhl vor ihrem Schreibtisch.

Ania sieht nichts davon. Ihr Kopf hängt im Nacken, der Blick wandert über die Holzvertäfelungen der Decke, über die schweren Eichenbalken und die filigranen Schnitzereien aus Zirbe und Lindenholz. Dann kippt der Blick und verheddert sich in den ledernen Einbänden der Bücher, die wie schmale Ziegel die gesamte Wand hinter Ruth füllen. Ania tritt an den Tisch heran. Geräuschlos. Atmet sie noch? Sie streckt ihre Hand aus und berührt sanft die Oberfläche des Schreibtischs.

»Sogar dein Tisch«, sagt sie stimmlos.

»Ein Geschenk meines Mannes«, sagt Ruth. »Zu meinem 30. Geburtstag. Da hatte ich gerade meinen Doktor gemacht.«

Ruth spürt die Erinnerung, ein kurzes Brennen, das an der Stabilität ihres Brustkorbs nagt. Sie steht auf.

»Eigentlich hätte die Platte aus Stein sein sollen. Aber das konnten wir uns nicht leisten. Deshalb Holz.«

Ania schaut sie verblüfft an. Ruth lacht.

»Dinge ändern sich. Aber deshalb sind wir beide ja auch hier, oder? Wollen wir uns endlich setzen?«

Wieder deutet Ruth auf den leeren Stuhl, und Ania nimmt Platz.

»Du wirst mich also die kommenden Wochen und Monate begleiten«, sagt Ruth, während sie sich zu ihrer Schublade beugt. Sie legt ein silbernes Display vor sich auf den Tisch und aktiviert es.

»Ich werde nicht von deiner Seite weichen«, sagt Ania.

»Das klingt wie eine Drohung.«

Ania lächelt. Ihr rechter Eckzahn ist länger als der linke. Solche Dinge fallen dir immer erst auf, wenn es zu spät ist, denkt Ruth. Sie mustert Ania. Dann sagt sie: »Dir ist klar, dass ich nicht freiwillig gehe.«

»Und dir ist klar, dass nicht ich es bin, die dich dazu zwingt.«

Ruth senkt den Blick. Die dunklen und hellen Quadrate des Bodens. Die Linien dazwischen, gefüllt mit dem Staub von Jahrhunderten.

»Spielst du Schach?«, fragt Ruth.

Ania kräuselt die Striche in ihrem Gesicht. Es ist sinnlos, denkt Ruth. Sie hat keine Vergangenheit. Sie hat nur die Zukunft. Ruth massiert sich die Nasenwurzel. Dann holt sie Luft.

»Nun gut.«

Auf dem Display erscheinen die Termine der kommenden Tage. Ruth wischt sie mit dem Finger weiter.

Sie kommentiert kurz und knapp. Sie versucht, nicht zu viele Worte zu machen, denn Ruth weiß ganz genau, was das hier ist: die Ouvertüre zu ihrem letzten großen Konzert. Die Triangel, die das große Brausen einläutet. Der Rat hat einstimmig über ihren Kopf hinweg beschlossen, dass Ania sie zu jedem ihrer Termine begleiten wird. Drei Monate lang. Hundert Tage.

»Es ist an der Zeit«, sagte Duma nach dem Beschluss.

»Wir müssen vorbereitet sein«, sagte Farina.

Ruth packte sie grob an ihrem zähen Arm.

»Sag mir: Worauf?«

Es war Pola, die sie vorsichtig von Farina wegzog und beruhigte.

»Du hast deine Sache gut gemacht«, sagte sie. »Du verdienst es, abgelöst zu werden.«

Abgelöst. Ausgelöscht.

»Was bedeutet SF?«, fragt Ania.

Ruth sucht nach Worten. Sucht im Kopf nach Ruhe, um die richtigen Worte zu finden.

»Die Anlagen«, sagt sie. »Im Süden. Die Südfelder.«

Ania zupft wieder an den Lippen herum. Ihre Augen werden faustgroß.

»Du bist noch nie dort gewesen, hab ich recht?«

Ania nickt.

»Geh jetzt nach Hause«, sagt Ruth. »Morgen beginnt eine anstrengende Reise.«

Wenn Ania lächelt, sieht sie aus wie ein zehnjähriges Kind. Mit schiefen Zähnen. Ich bin zu streng, denkt Ruth.

»Es war ein langer Tag«, sagt Ania.

Jetzt nickt Ruth. Die Kindfrau hat recht: Nicht sie trifft die Schuld. Bestraf nicht andere dafür, wenn du selbst es bist, die aus blanker Angst die Tage nicht mehr zu Ende gehen lässt.

»Ich hab noch zu tun«, sagt Ruth. Und nebenbei, wie hingeworfen:

»Bis morgen. Ich hasse Unpünktlichkeit.«

Ania zeigt ihre Zähne.

»Ich habe nichts anderes erwartet«, sagt sie.

Sie verlässt den Raum, wie sie gekommen ist: gewichtslos und staunend. Jetzt, endlich. Ruhe. Ruth senkt den Kopf in ihre aufgestützten Hände. Es klopft.

»Was?«

Alev, nur Alev, die Gute.

»Bitte entschuldige. Soll ich später wiederkommen?«

»Nein, bitte. Komm herein.«

Ruth richtet sich auf, richtet ein Lächeln auf den schweren Wangen ein.

»Ich wollte nur sichergehen, dass du für morgen alles hast, was du brauchst.«

Ruth nickt müde. Sie reibt sich die Augen, ihre Finger Pflüge in den Furchen ihrer Falten.

»Willst du wirklich dorthin?«

»Ich muss. Sie brauchen eine Entscheidung. Ich habe diesen Termin viel zu lange vor mir hergeschoben.«

»Und es ist ein guter Einstieg für Ania«, sagt Alev. Sie sagt es ohne Unterton. Sie meint es ernst.

»Ja, das ist es«, sagt Ruth.

»Möchtest du, dass ich mitkomme?«

»Ania ist ja dabei. Je weniger wir sind, desto besser.«

»Gut. Ich bestelle das Auto«, sagt Alev.

Wenn alle Hallen leer sind, wenn das heisere Gelächter verschwunden und die spitzen Schritte verhallt sind, dann steht Ruth auf.

Sie öffnet Türen. Sie setzt ihre Füße auf die alten Steine, tritt in die Fußstapfen der Königinnen vor ihr. Die Extremitäten bleiern vor Verantwortung und Wissen. Sie legt ihre Finger um schmiedeeiserne Klinken, drückt ihr Gewicht gegen tonnenschweres Holz. Auch sie versteckt sich hinter Mauern, vor wem?, denkt sie, sie sollen die Spiegel verhüllen, denkt sie, niemand will das sehen.

Unter den Bögen der Geschichte findet sie zur Ruhe, legt die Kappe ab, streift den salbeigrünen Kaftan von ihren Schultern. Die Oberfläche ihres Betts, wie das Meer nach einem Sturm. Ruth setzt sich. Sie ist nackt, die Oberschenkel hängen wie nasse, schwere Tücher, der Bauch ein Mond, eine kleine Kugel, die in den Falten ihrer Lebensjahre liegt. 70 an der Zahl. Und wieder geistert die Großmutter durch ihren Kopf. Wie sie im Badezimmer steht, nach vorne gebeugt, und der Bauch in hängenden Schwarten an die dürren Oberschenkel klatscht. Die Brüste lang und schwer, blaue Adern auf durchsichtigem Pergament. Der alte Körper einer Frau, die zu viele Kinder geboren hat. Ausgemergelt. Undicht.

Sie ist uns Mutter, sagte die Rednerin heute.

Sie ist es, die in den Stunden der Unruhe die Ruhe bewahrt. Sie ist es, die uns leitet, wenn wir verloren sind.

Ruth greift sich an den trockenen Hals. Sie braucht einen Schluck Wasser. Sie sieht ihre Großmutter, von Schläuchen perforiert, wie Schlangen kriechen sie aus ihrer Nase und aus den Unterarmen. »Wasser«, schreit die Großmutter röchelnd. Wasser überall, in den Beinen, im Gesicht. In der Lunge.

»Sie kämpft und kämpft«, sagt die blasse Krankenschwester. Die Verzweiflung und die Erschöpfung ein roter Strich zwischen ihren Brauen. Ihr Dienst ist längst vorbei, sie will weg, will gehen. Warum kann die alte Frau nicht gehen?

Ruths Finger gleiten langsam an ihrem Hals nach unten, drücken gegen die Rippen. Sie ertasten den Hohlraum ihrer Achsel. Das Ende der Rippen. Den Widerstand der Bänder.

In einer Welt, die sich verändert, so rasend schnell und so bedrohlich, dass wir es kaum ertragen, ist Ruth die Konstante, die uns Hoffnung gibt. Ruth war immer da. Ihre Worte haben uns durch das Chaos nach den Kriegen begleitet. Sie hat uns ermutigt, wieder aufzustehen. Sie ist das Band, das uns zusammenhält. Die Jüngeren unter uns, sie kennen keine Welt ohne Ruth.

Ruths Finger zittern. Sie verringert den Druck, die Fingerspitzen tasten, suchen. Hinter einer Sehne finden sie den Knoten. *Ruth war immer da. Und wir hoffen, von Herzen, dass sie noch sehr lange bleiben wird.*

3

In der kühlen Kapsel des klimatisierten Automobils rasen die beiden Frauen über eine Fläche aus Kies und Sand. Über ihnen das Strahlen eines erbarmungslosen Himmels, wie ein nach oben gekippter Ozean, taubenblau, soweit das Auge reicht. Keine Wolkenufer, keine Ränder. Verlässt man den Schutz der Kuppeln, gerät man ohne die notwenige Technologie in Seenot und ertrinkt in der glühenden Hitze des endlosen Blaus.

Alev hat einen Zweisitzer bestellt. Auf der Landkarte am Armaturenbrett kriecht ihr Navigationspunkt auf hellbraunen Flächen dahin. Ruths Display liegt auf ihrem Schoß, sie versucht, die Zeit zu nützen. Nicht Ania: Die klebt mit ihrer Wange an der verdunkelten Scheibe, die Pupillen jagen von links nach rechts. Wie ein Tier, das zum ersten Mal den Käfig verlässt, denkt Ruth. Diese Kinder sind unter den Kuppeln aufgewachsen. Die junge Frau muss sich fühlen, als würde sie frei im Weltall treiben.

»Hast du Angst?«, fragt Ruth.

Ania reißt den Kopf in ihre Richtung. Wieder das zehnjährige Kind, das versucht, eine Erwachsene zu spielen. Sie kann ihre Aufregung so schwer verbergen.

»Wovor?«, fragt Ania.

Ruth antwortet nicht. Die Liste wäre zu lang.

Als sie die Grenze der Stadt passieren, werden die Trümmer der aufgegebenen Gebiete sichtbar. Die Folgen des ersten Verdichtungskriegs, als die Horden von Osten kamen. Was geblieben ist, sind marode Hauswände, die fast in sich selbst zusammenstürzen und auf splitternden Balken durchlöcherte Dächer halten. Und schwarz verkohlte Wälder.

»Wie heißt dieser Bezirk?«, fragt Ania.

»Es gibt keine Einwohner mehr, niemand spricht über ihn«, sagt Ruth schroff. »Wozu braucht er einen Namen?«

Die schwarzen Striche in Anias Gesicht kräuseln sich gefährlich. Ruth seufzt.

»Berling«, sagt sie schließlich. »Das war Berling.«

Dann kommt Vorstadt, dann Stocksen. Jeder Name ein Splitter in Ruths Seele. Die Stadt zu verlassen bedeutet, durch die Vergangenheit zu reisen und zu wissen, was man verloren hat. Das ist der Preis, den das Alter mit sich bringt.

Die Landschaft, durch die sie jetzt fahren, ist flach und ereignislos. Haferfarbene Erde, die nicht die Kraft hätte, jemals wieder Hafer zu halten. Dazwischen Anger aus weißen Felsen. Furchen, die die Trockenheit in den Boden gerissen hat. Eine Stunde fahren sie schon dahin. Ania ist schweigsam geworden. Ihre Augenlider senken sich. Die Hände liegen im Schoß. Ruth kann so nicht arbeiten.

»Es macht dich traurig, das alles zu sehen«, sagt sie.

Ania blinzelt misstrauisch. Die alte Frau dreht sich zur jungen: Zum ersten Mal, seit sie in ihre Obhut gegeben wurde, möchte Ruth, dass Ania ihr zuhört.

»Merk dir dieses Gefühl«, sagt sie.

Sie legt ihre Hand auf Anias knochige Schulter. Ania starrt sie an. Ruth sagt:

»Mein Terminkalender ist voll, genauso wie deiner ab dem heutigen Tag. Und du könntest glauben, dass es das ist, warum es uns gibt: Termine. Entscheidungen. Reden. Doch die Wahrheit ist: Wir sind hier, um die Trauer zu vertreiben. Denn die Trauer lähmt uns und nimmt uns alles, wozu wir fähig wären. Sie wirft uns in eine bodenlose Leere. Wenn wir zurückschauen, wenn wir uns vor Augen führen, was wir alles hätten haben können – was hat dann noch Sinn? Merk dir dieses Gefühl, merk dir: Es liegt an uns, der Welt eine Zukunft zu schenken. Sei wütend, sei laut, sei stark. Beschütze die Menschen vor der Leere.«

Dann dreht sie die junge Frau sanft nach rechts.

»Da, schau!«

Wie aus dem Nichts schießen Zäune aus dem Erdboden neben der Straße, vier, fünf Meter hoch. Hürden, die unter Starkstrom stehen. Unüberwindbar. Dahinter erheben sich die Kronen der Bäume in den Himmel. Sie werfen Schatten aufs Auto, das ungebremst die Route weiterverfolgt. Königlich wehen die Linden, Fichten und Kiefern im Wind, in sattem Grün, und das Licht fällt blättrig durch die Zweige. Ruth erinnert sich an den moosigen Geruch und an das Knacksen in den Wäldern ihrer Kindheit. Die Lust darauf und die Angst davor, verlorenzugehen. Das ist jetzt vorbei. Sie haben aufgehört, Wälder zu betreten. Du würdest auch keinem Menschen in der offenen Lunge herumfingern.

Ania legt beide Hände an die Scheibe. Die Schattenlinien der Bäume rasen über ihren Kopf. Ihre Brust hebt und senkt sich, als würde sie nach der Luft schnappen, die das Grün verspricht. Instinktiv. Wir werden sie nicht los, unsere Triebe, denkt Ruth. Das Kind freut sich, aus jeder Pore quillt ein Schwall aus Glückseligkeit. Jetzt dreht sie sich um: Glänzende Augen. Sie ist viel zu jung, denkt Ruth.

Das Armaturenbrett leuchtet gelb auf und vibriert summend. Ein Anruf: Pola.

Ruth nimmt per Knopfdruck an, und Polas Gesicht erscheint groß am Display des Fahrzeugs.

»Ruth, meine Liebe, machst du denn nie Pause? Ich dachte, nach einer Feier wie gestern bist du mindestens drei Tage abgemeldet.«

»Wer sagt dir, dass ich das nicht bin?«

Pola grinst. Sie legt den Kopf schief.

»Und wen seh ich da an deiner Seite! Guten Morgen, Ania!«

Ania grinst und grüßt. Vertrauter, als es sein dürfte. Nichts als Zwinkern und Zähne. Das Misstrauen schiebt Ruth den Unterkiefer vor. Sie notiert sich in ihren Gedanken: Pola fragen. Welche Rolle sie im Auswahlverfahren tatsächlich gespielt hat.

»Was willst du, Pola?«, fragt Ruth, strenger, als ihr selbst lieb ist. Pola reagiert angemessen. Sachlich sagt sie:

»Ich brauche eine Unterredung mit dir. Allein.«

Ruth wischt auf ihrem Kalender.

»Morgen Vormittag?«

»Morgen Vormittag klingt perfekt. Das Wetter wird herrlich! Wolken und Nieselregen ab den frühen Morgenstunden.«

»Wir könnten draußen sitzen, wenn du möchtest. Bei mir am Balkon. Um neun?«

»Um neun. Ich freu mich auf dich.«

»Und ich freu mich auf dich.«

Ruth drückt Polas Gesicht weg, bevor weitere Vertrauensbekundungen folgen. Ania beobachtet sie dabei von der Seite.

»Du siehst alles«, sagt Ruth.

»Dazu bin ich da, oder?«

Ruth holt tief Luft und senkt die Augenlider. Hundert Tage. Es ist bestimmt der Neid, der die anderen dazu treibt, Ruth so zu quälen. Pola soll sich hüten, die wird morgen zum Frühstück verspeist. Sie soll nicht glauben, Oberwasser zu bekommen, nur, weil es mit Ruth bald aus ist.

»Woher kennt ihr euch?«, fragt Ania in Ruths stilles Dröhnen hinein.

»Wer?«

»Du und Pola.«

Ich und Pola. Pola und ich. Die Erinnerung schiebt ein Lächeln zwischen Ruths Falten.

»Sie war die Freundin eines Arbeitskollegen. Vor ...« Ruth zögert. »Vor dem Großen Sterben?«, fragt Ania vorsichtig.

»Vor dem Großen Sterben.«

Mehr muss dieses Kind nicht wissen. Wie könnte sie es auch verstehen? Pola, so jung, unterm Hirsch. Wie alt waren sie? Achtundzwanzig? Vielleicht dreißig? Der Knopf ihres Hosenanzugs drückte in Ruths Magen, der Hemdkragen war zu eng. Wie alles dort. Die Holzvertäfelung, die aneinandergerückten Stühle. Die Luft, schwer vom Rauch der Zigaretten und dem Gestank der Nervosität. Sie saßen im verpflichtenden »heiteren Beisammensein« nach einem langen Arbeitstag, und jeder in diesem Raum wusste, dass ein falscher Satz einen die Stelle kosten würde. Die Menschen kippten sich trotzdem voll. Oder deswegen. Als Einzige von diesem Fluch ausgenommen war Pola. Doch keine der Frauen am Tisch hätte mit ihr tauschen wollen, denn ihre Rolle war in der Hackordnung dem Boden am nächsten: Sie war der hübsche Aufputz für einen der Herren aus der Führungsriege. Und Pola erfüllte diese Rolle ganz wunderbar: Mit nach oben geschnallten Brüsten, die aus dem Dekolletee blitzten, wenn sie sich vorbeugte. Die kinnlangen blondroten Haare eine Welle um ihr Gesicht. Der Mund leuchtend orange.

»Du könntest den Straßenverkehr damit regeln«, murmelte der blasse Kollege, der links von Ruth saß. Ruth kannte das ungeschriebene Gesetz: Zieh dich so an, wie sie es möchten – und sie haben damit die Erlaubnis, über dich zu urteilen. Zieh dich so an, wie sie selbst es tun – und du wirst unsichtbar. Ruth hatte sich für die Unsichtbarkeit entschieden. Pola saß ihr schräg gegenüber, und sie war in allem, was sie tat und ausstrahlte, Ruths Gegenteil. Pola schlug mit der flachen Hand auf den Tisch, wenn sie lachte, und sie redete, während sie aß. Der Raum um sie, selbst die Sitzreihen, versanken in Schwarz und Blau, ein Anzug neben dem anderen, ein Eichenbrett über dem anderen, und dort hinein schnitt Pola eine leuchtende Schneise, wie eine offene Wunde im Fell eines toten Bären. Sie waren geladen in die Wirtsstube eines begeisterten Großwildjägers, und die Wände waren überzogen mit den ausgestopften Köpfen von Hirschen, Zebras, sogar ein Nashorn prangte über Polas leuchtenden Haaren und stierte sie mit seinen toten Augen an.

»Wir haben uns einfach ineinander verliebt«, sagte der Chef.

Er redete über den Mann hinweg, mit dem Pola gekommen war. Der Chef wollte Polas Aufmerksamkeit. Den Rest erledigte die Firmenhierarchie. Pola lächelte ihn orangerot an. Und der Chef redete weiter: Davon, dass er sich wegen dieser Frau fast hatte scheiden lassen. Dass der Sex fantastisch gewesen sei. Dass ihn das beinahe seine Karriere gekostet habe.

Ruth wollte das alles nicht hören. Sie kannte die Frau, von der der Chef redete. Alle im Raum kannten sie. Und alle wurden sie leiser und versuchten, sich abzuwenden, doch mit den Ohren hingen sie an seinen Lippen und kamen nicht fort. Behalt den Knüppel im Auge, wenn du der Köter bist.

Der Chef schaute Pola herausfordernd an. Die oberen zwei Hemdknöpfe waren offen. Selbst die gelblichen Ränder des Kragens, der den ganzen Tag an seinem Hals gelegen war, versuchten so viel Abstand wie möglich zu bekommen. Und hinter ihm die abgeschlagenen Köpfe der Kreaturen, die so unvorsichtig gewesen waren zu glauben, ihr Leben sei etwas wert.

Pola nahm die Hand ihres Begleiters, die schlapp vor ihr auf dem Tisch lag. Von ihm kam keine Reaktion, er hatte sich längst entschieden.

Pola sagte: »Und was macht die Dame heute?«

Jeder im Raum hatte das gehört. Ein Stuhl rückte quietschend. Sie konnten die Luft hören, die der Chef zwischen seinen Zähnen einzog.

»Sie ist glücklich verheiratet und hat einen Sohn.«

»Wie schön«, sagte Pola. In die weiche Fischhand vor ihr fuhr plötzlich wieder Leben, sie drückte und zog an Polas Hand. Eine Drohung, verkleidet als Liebkosung. Doch Pola ließ einfach los.

»Und beruflich?«, fragte sie.

Die Augen des Jägers wurden schmal. Ruth konnte die Wellen seiner Wut im Raum spüren.

Der Fischkopf, dem die Hand gehörte, fauchte: »Sie ist versetzt worden.«

Und Pola richtete sich auf. Ruth denkt an ihren Hals. So gerade. Und an den Spott in ihren Mundwinkeln.

»Dann hat sie wohl auf den falschen Hengst gesetzt«, sagte Pola.

Der mächtige Mann atmete tief ein. Er brauchte Platz in seinen Lungen für den Ärger. Sein kastengleicher Brustkorb schob sich Richtung Pola. Der Fisch zwischen ihnen japste nach Luft. Ihm fiel der Joker wieder ein, den er im Ärmel hatte. Der Grund, warum er die Frau, *diese Frau*, überhaupt mitgenommen hatte.

»Pola sitzt bei den Wasserwerken im Vorstand«, sagte er.

Ruth dachte: *Pola. Sie heißt Pola. Und sie spielt ganz oben mit.* Polas Augen – dunkelblau, schwarz getuscht – huschten zornig vom Fisch zum Jäger und zurück.

Die Beziehung war mit diesem Moment zu Ende. Der Chef drehte sich weg. Über die Gläser auf dem Tisch schnauzte er: »Was interessiert mich Wasser. Etwas, das jeder überall haben kann, ist nichts wert.«

4

Das Auto verringert die Geschwindigkeit. Vor ihnen am Horizont wird die flimmernde Silhouette einer Hallenanlage sichtbar. Per Knopfdruck öffnen sich die Gepäckladen im Auto, und Ruth und Ania ziehen die zu Päckchen verschnürten Schutzkleider heraus. Sie lösen die Bänder und stülpen die Ganzkörperanzüge über Arme und Beine.

»Ist das nur eine Besichtigung, oder ist es mehr?«, fragt Ania.

»Mehr«, sagt Ruth. Sie hält die Handschuhe in die Höhe. »Welcher ist der rechte und welcher der linke? Jedes Mal das gleiche.«

»Darf ich?«

Ania nimmt sie ihr aus den Händen und zeigt ihr die kleinen Markierungen hinter den Umstülpungen. Ruth zieht überrascht die Augenbrauen hoch.

»Wenn ich das früher gewusst hätte, hätte mir das viel Arbeit erspart.«

Ania fragt: »Was machen wir hier?«

Ruth senkt die Arme. Die weiße Schutzkleidung, halb angezogen, bauscht sich wie Tüll rund um ihren Bauch. Eine Ballerina der Apokalypse. Sie hält inne.

»Von den Südfeldern beziehen wir unsere Grundnahrungsmittel.«

»Ich weiß«, sagt Ania. Die Tore der Anlage sind schon sichtbar. Sie wird ungeduldig.

»Sie kämpfen mit Schädlingsbefall. Massive Auswirkungen. Wir verlieren die Hälfte des Ertrags, vielleicht sogar mehr.«

Ania nimmt ein ovales Stück Textil aus der Lade und faltet die Laschen auseinander, sodass eine Haube entsteht. Sie versucht, ihre Ratlosigkeit mit der Schnelligkeit ihrer Bewegungen wettzumachen.

»Und du musst ihnen jetzt sagen, was sie machen sollen?«

»Nein«, sagt Ruth. Sie rückt ein Stück vor, um den Schutzanzug über ihren Rücken zu ziehen und ihn am Bauch zu schließen.

»Sie wissen ganz genau, was sie machen sollen. Aber sie weigern sich.«

Die Tore gleiten lautlos auseinander, und das Auto fährt im Schritttempo auf das sandige Firmengelände. Selbst durch die getönten Scheiben sehen sie über den Dächern die Luft flirren. Ruth und Ania bedecken ihre Köpfe mit den Hauben. Kein Millimeter Haut liegt mehr frei, als die Hydrauliktüren des Wagens sich öffnen. Ruth steigt hastig aus, und Ania folgt ihr. Die heiße Luft schlägt gegen ihre Körper wie eine Wand. Mit zackigen Schritten geht Ruth auf die großen Türen zu. Sie achtet nicht auf Ania, sie möchte so schnell wie möglich wieder ein Dach über dem Kopf haben.

Ruth hält ihren Arm gegen den Sensor. Die Türen öffnen sich mit schrillem Piepsen. Kurz, nur einen Moment. Jetzt muss Ania sich beeilen, um Ruth nachzukommen. Vor ihnen liegt die sterile Weite ihrer Lebensmittelversorgung. Ein gut gelaunter Brokkoli mit Armen und Beinen winkt ihnen von der Wand aus zu. »Gesundheit!«, schreit die Sprechblase. Gläserne Büros säumen den langen Gang, der mit grünen und blauen Leitsystemen markiert ist. Ruth muss niemanden suchen, ihre Ankunft wird längst erwartet. Aus einem der Büros tritt eine Frau hervor. Sinele. Auch sie trägt den weißen Schutzanzug, doch ihr Kopf liegt frei. Um die Wangen tanzen schwarze, weiche Locken, sie ist groß gebaut, mit kantigem Kiefer. Glas-Kinn, denkt Ruth, das wird heute noch zerbersten.

Es gibt keine Begrüßung, zu viel ist zuvor schon besprochen worden. Sinele sagt nur:

»Behaltet die Dinger am Kopf. Wir gehen gleich nach draußen.«

Sie marschiert los, auch sie eine Frau mit schnellen Schritten. Ruth und Ania halten das Tempo. Es fällt leicht, sich hier drinnen schnell zu bewegen, denkt Ruth und genießt die angenehme Kühle, die sie durch den Schutzanzug hindurch spürt. Die Solarkollektoren am Dach tun ganze Arbeit, an Strom mangelt es den Frauen nicht.

Sie kommen zu einer Tür, die mit einer großen aggressiven Sonne markiert ist. Spitze Dreiecke symbolisieren die Strahlen. »GEFAHR!«, steht in großen Lettern darunter. Sinele holt eine Haube aus der Tasche, faltet sie auseinander und setzt sie auf. Auf unserer Suche nach dem Land, in dem Milch und Honig fließen, sehen wir aus wie Imkerinnen, denkt Ruth.

Wieder treten sie durch Schiebetüren, wieder diese Wand aus dicker, heißer Luft. Doch der Duft ist ein anderer. Erdiger. Feuchter. Vor ihnen breiten sich die Felder aus in bunten Quadraten, so weit das Auge reicht. In Bögen spannen sich die Sonnenschilde über ihnen, um genug, aber nicht zu viel durchzulassen. Gebückte Menschen in Weiß stehen und hocken dazwischen, um ihrer Arbeit nachzugehen. Über ihnen, auf Kopfhöhe, ziehen sich die silbernen Schienen des Sensorik- und Bewässerungssystems in geometrischer Schönheit übers Gelände. Sinele biegt auf einen der kleinen Wege links ein. Sie drückt sanft die Blätter zur Seite, die über das Beet hinauswachsen, um nichts zu zertreten. Erst, als Ruth das Büschel Grün übernimmt und zeigt, dass sie ebenso vorsichtig ist, geht Sinele weiter. Durch das Netzvisier funkeln ihre dunklen Augen Ruth böse an. Zwei Felder weiter bleibt Sinele stehen. Sie bohrt mit ihren

Gummistiefeln in die feuchte Erde, drückt mit der Spitze an die bräunlich-grünen Blätter der Pflanze. Die Ränder sind zerfressen und löchrig. Mit den Handschuhfingern greift Sinele nach einem der Stiele und reißt die Pflanze unsanft aus dem Boden. Wie kleine Perlen hängen die Eier des Schädlings an den Wurzeln.

»Und das ist nicht die einzige«, sagt Sinele. Sie deutet mit ihrem Kopf über das Feld.

»Alle hier. Achttausend Hektar.«

Sinele geht weiter, immer wieder zupft sie an Blättern oder holt Wurzeln aus der Erde. Das, was Ruth sieht, ist nicht gut.

»Greift er auch andere Sorten an?«, fragt sie.

»Bis jetzt noch nicht.«

»Das heißt, wir können das Problem eingrenzen. Das ist eine gute Nachricht.«

Sinele wirft die Pflanze in hohem Bogen übers Feld und schüttelt den Kopf.

»Lass uns tun, was wir tun müssen!«, schreit sie.

»Bitte«, sagt Ruth. Sie sagt es ruhig, mit tiefer Stimme. »Ich habe genug gesehen. Reden wir drinnen weiter.«

In ihrem Büro knallt Sinele ihre Kopfbedeckung auf den Sitzungstisch. Ruth nimmt ihre vorsichtiger ab. Sie richtet sich die Haare. Neben ihr: Ania, die sich mit den Fingern durch die kurzen, schweißverklebten Fransen fährt und sie durchschüttelt. Sinele starrt Ania an.

»Das ist nicht Alev«, sagt sie.

Ruth lacht.

»Nein, das ist nicht Alev. Darf ich vorstellen: Ania.«

Ania tritt höflich einen Schritt nach vorn. Sie streckt ihre Handschuh-Hand aus.

Sinele nimmt die Hand, ein Reflex, aber tut nichts weiter. Jetzt starrt sie Ruth an.

»*Die* Ania?«

Ruth nickt. Sinele lässt Anias Hand wieder fallen. Sie hat noch nicht akzeptiert, dass die junge Frau das Gebäude ohne ihr Wissen betreten hat. Ruth schmunzelt. Sineles Sturheit ist anziehend. Auch wenn das heute nicht von Vorteil sein wird.

Die drei Frauen setzen sich. Sinele dreht Ania den Rücken zu. Das, was sie zu sagen hat, betrifft Ruth. Nur Ruth.

»Lass es mich beenden«, sagt Sinele. »Ein, zwei Tage, und alle liegen draußen in der Sonne und verglühen. Ja, wir verlieren viel, aber wir gehen damit den richtigen Weg.«

Ruth legt beide Hände flach auf den Tisch. Sie zählt ihre Finger, dann erst beginnt sie zu sprechen.

»Achttausend Hektar. Das bedeutet einen Mangel, den wir schwer verkraften.«

»Ja, wir werden vielleicht etwas hungern. Aber es ist der einzige Weg.«

Ruth legt ihre Finger ineinander. Sie schaut Sinele ruhig an.

»Du weißt, dass das nicht stimmt.«

»Für mich!«, schreit Sinele und klopft sich auf die Brust, »für mich ist es der einzige Weg. Und er sollte es auch für dich sein.«

Drei Sätze, und schon sitzt Sinele in der Falle. Ich hätte mir mehr Herausforderung erwartet, denkt Ruth. Was für eine unnötig schlaflose Nacht.

»Du«, sagt Ruth, »bist nicht diejenige, die das entscheidet.«

Sinele wird blass um die Nasenflügel. Als würde sie ihren Hals verlieren, sackt ihr Kopf auf ihre Schultern. Von unten schaut sie Ruth an. Weinerliche, dunkle Augen, ohne Wut.

»Wir haben es versprochen, Ruth«, sagt sie. »Du. Ich. Die anderen. Wir haben einen Eid geleistet. Kodex 37-11.

Kein Gift mehr. Keine Eingriffe in die Natur. Jetzt sind es vielleicht nur ein paar tausend Hektar. Aber was kommt dann?«

»Nichts kommt dann«, sagt Ruth. »Es ist eine Ausnahme.«

Sinele springt auf. Wie irr stampft sie im Raum auf und ab.

»Ich mach da nicht mit«, schreit sie. »Und wo kriegen wir das Zeug überhaupt her?«

»Ich kann es dir heute noch schicken lassen.«

Sinele stützt sich am Tisch ab, ihr Kopf ganz nah an dem von Ruth.

»Wir waren doch schon einmal an diesem Punkt, Ruth. Wir wissen, was passiert, wenn wir damit beginnen. Es ist der Anfang vom Ende.«

Ruth lehnt sich zurück. Sie will den nervös-sauren Atem von Sinele nicht in ihrem Gesicht haben.

»Bitte hör auf mit deiner Dramatik. Es ist nun wirklich nicht so, als wäre das, was wir gerade gesehen haben, ein reines Werk von Mutter Natur.«

Sinele schüttelt den Kopf. Wieder rennt sie auf und ab, eine Biologin unter Einfluss der falschen körpereigenen Substanzen.

Sie schnieft. Weint sie?

»Wir wissen noch immer nicht, was sie umgebracht hat«, sagt die Laufende. »Wir können doch jetzt nicht schon wieder anfangen, mit dem Feuer zu spielen.«

»Etwas Tee würde dir guttun«, sagt Ruth.

Sinele bleibt stehen. Verzerrt starrt sie Ruth an.

»Hör auf, mich zu verarschen, Ruth. Du weißt, dass wir das Gesetz brechen, wenn wir beginnen, mit Pestiziden zu arbeiten. Und diejenige, die dafür geradestehen muss, bin ich.«

»Ich werde dir immer den Rücken freihalten, Sinele. Das weißt du. Habe ich dich jemals enttäuscht?«

»Nein, das hast du nicht.«

Sinele seufzt. Mehr zu sich selbst sagt sie:

»Der Rat der Ältesten weiß längst Bescheid, oder?«

Ruth nickt.

»Und sie teilen deine Meinung.«

»Ja, das tun sie.«

Ruth weiß, wann es Zeit ist, die Arena zu verlassen. Sie steht auf.

»Du wirst also heute noch beginnen, alles Notwendige einzuleiten?«

Sinele steht mit dem Rücken zu ihr. Sie sagt:

»Ich werde das öffentlich machen, Ruth.«

Das Glas-Kinn. Klirrend landen die Splitter auf dem Boden.

Ruth sagt: »Die Menschen brauchen etwas zu essen, Sinele.« Sie sagt es so, als würde sie mit einer Kranken reden.

Sinele hebt den Kopf. Gewinnt Haltung zurück.

»So einfach ist es dieses Mal nicht, Ruth«, sagt sie. »Ja, ich werde heute noch alles Notwendige veranlassen. Aber dann werde ich gehen. Und ich werde allen erzählen, was du hier tust.«

Ruth schaut ihr direkt ins Gesicht. Sie hat keine Angst vor dem, was Sinele sagt. Nicht im Geringsten.

»Das könnte dich deinen Job kosten«, sagt Sinele.

»Ich weiß«, sagt Ruth.

Sinele dreht den Kopf, und jetzt schaut sie Ania an.

»Ah. Deshalb«, sagt Sinele. Sie lacht schrill auf. Ein letztes Aufbäumen, denkt Ruth, das hätte sie sich sparen können.

»Halt Ania da raus«, sagt sie scharf. »Ich bin mit deinem Team in Kontakt. Solltest du dich widersetzen, wirst du auf jeden Fall gehen, ganz egal, wie du dich entscheidest.«

Sie sitzen schon wieder im Wagen zurück, zerfließen wieder in den blauen und hellbraunen Strichen der vorbeirasenden Landschaft, als Ania den Mund aufmacht.

»Du hast geblufft«, sagt sie nur.

Ruth schaut sie erstaunt an.

»Wovon sprichst du?«

»Vom Rat. Du hast diese Entscheidung allein getroffen. Keine der anderen weiß darüber Bescheid.«

Soll Ruth widersprechen? Es hätte wenig Sinn. Ania ist hier, um Lektionen zu lernen, nicht, um belogen zu werden.

»Du hast recht. Was hat mich verraten?«

»Pola«, sagt Ania. »Sie hätte anders reagiert, als sie uns im Auto gesehen hat.«

Ruth lächelt. Das ist wahr.

»Und ich bin mit Alev die Tagesordnungspunkte der letzten Wochen durchgegangen«, sagt Ania. »Als Vorbereitung.«

Sie schaut dabei aus dem Fenster. Ruth sticht der Verlust der Kontrolle kleine Löcher ins Herz. Ausgerechnet Alev.

»Von den Südfeldern war nie die Rede«, sagt Ania trocken. Ist das ein Vorwurf?

»Wenn Dinge schnell gehen müssen, braucht es manchmal auch schnelle Entscheidungen«, sagt Ruth.

Jetzt dreht Ania den Kopf. Ihr Blick: herausfordernd. Oder abwertend? Ruth spürt den Ärger in ihrem Hals aufsteigen wie die trockene Hitze bei Sonnenaufgang. Ein Glas Wasser wäre jetzt schön.

»Sinele wartet seit mehr als einer Woche auf deine Entscheidung. Reichlich Zeit«, sagt Ania.

»Der Rat hat genug andere Dinge zu tun«, sagt Ruth.

»Aber wäre es nicht deine Pflicht, sie einzubinden?«

Jetzt macht sie eine Grimasse, ein zweifelndes Gesicht, sie zieht ihre Lippen wie Lefzen nach oben, und da ist er wieder, dieser viel zu lange Eckzahn. Ruth findet, das Gespräch ist beendet. Sie holt ihr Display aus der Lade und beginnt zu arbeiten. Ania ist das egal.

»Hat Sinele recht?«, fragt sie.

»Womit?«, herrscht Ruth sie an.

»Dass dir alles egal ist? Weil es mich gibt?«

»Hast du nicht zugehört?« Ruth stößt das Display von ihrem Schoß weg. Dieses Auto ist zu eng. Alev hätte mindestens einen Viersitzer bestellen sollen.

»Ich habe dich da rausgehalten«, sagt Ruth. »Und das werde ich auch weiterhin tun. Wenn das zwischen uns funktionieren soll, dann brauchen wir Vertrauen. Schaffst du das?«

Ruth greift nach ihrem Display. Dann legt sie sich die flache Hand seitlich ans Gesicht, schirmt sich ab von den Blicken und der Verachtung. Sie öffnet den Kalender, wischt sich durch die Termine, macht vereinzelt Notizen. Das Gespräch ist beendet. Jetzt, endlich, hat es auch Ania begriffen. Sie rutscht tiefer in ihren Sitz, mit verschränkten Armen, und starrt aus dem Fenster.

Ruth kann so nicht arbeiten. Sie weiß sowieso nicht, wie sie jemals wieder arbeiten soll. Jetzt, da es bald keiner mehr von ihr erwartet. Keiner mehr braucht. Auch sie verschränkt die Arme. Die beiden Frauen hocken schweigend nebeneinander in einem Auto, das sie auch nicht braucht, um seinen Weg zu finden.

Ich hätte Ania nicht mitnehmen sollen, denkt Ruth. Sie muss vorsichtiger sein, wenn sie mit ihr spricht. Vielleicht, wenn die junge Frau zu viele Fehler macht, dass es doch noch…? Nein, Ruth wischt den Gedanken beiseite. Sie, Ruth, wird gehen. Das ist entschieden. Die Frage, die offenbleibt: Wie sie gehen wird. Mit freundlichen Worten, tränenumflort. Oder mit einem Fußtritt. Aus den Augenwinkeln beobachtet sie das Kind neben sich. Ruth muss bessere Momente abwarten, um sie einzuweihen. Muss ihr die Notwendigkeit klarmachen, und erst dann den Stich setzen.

Sie versteht, warum Ania ausgewählt wurde. Es ist Zeit für eine neue Zeit. Es ist Zeit, gewisse Dinge zu vergessen.

Aus den braunen Flächen draußen werden Schollen, werden Trümmer und Gräben. Sie erreichen die Stadtgrenze. Wie oft sie schweigend in Autos gesessen ist, denkt Ruth. Ein halbes Leben. Ihr Mann am Steuer, die hohe, feuchte Stirn, mit diesem eitlen Blick. So leicht gekränkt. Sie hat immer gewartet, hat es sich verkniffen, etwas Kritisches zu sagen, immer hat ihn das so aufgebracht, dass er sich nicht mehr konzentrieren konnte, und sie war abhängig, ist im selben Auto gesessen. Lieber schweigen und unglücklich werden als zu verunglücken.

Wenn sie es doch einmal wagte, etwas zu sagen, schimpfte er mit beiden Händen, ließ das Lenkrad los. Er stieg aufs Gas, impulsiv und viel zu stark, und es rauchte aus dem Auspuff. Die Welt hatte sich ihm unterzuordnen, ihm und seinen Bedürfnissen. Und Ruth denkt: Es lag alles schon vor uns. Die Ignoranz. Die Selbstgefälligkeit. Die Art, wie er das Fenster runterkurbelte und die abgebrannte Zigarette einfach rauswarf. 15 Jahre brauchte der Stummel, um zu verrotten. 15 Jahre, die ihm nicht blieben. Die Straße, auf der sie damals fuhren, liegt inzwischen zehn Zentimeter unter dem Meeresspiegel. Ich habe ihn immer geliebt, trotzdem, denkt Ruth. Auch das war ein Fehler: den Gefühlen nachzugeben. Mitzufahren im Auto, immer am Beifahrersitz, nie am Steuer. Das Armaturenbrett dampfte seinen Plastikgeruch in das Ungetüm aus Blech und Schrauben, und Ruth sah ihn an, von der Seite, die passive Aggression quetschte sich durch ihre Augenschlitze und ihre ganze Aufmerksamkeit galt der ungustiösen Rötung an seinem Hals. Wie ein Hummer, den man ins heiße Wasser geschmissen hat. Am Rücksitz schrie das Kind, der Motor heulte genauso verzweifelt. Und Ruth, die nur auf den Hals starrte. Als könnten ihre Blicke schneiden. Warum hab' ich nicht auf die Straße geschaut?, denkt sie. Warum nicht nach vorne? Es lag alles vor uns. Doch wir waren zu sehr mit den Adern auf Männerhälsen beschäftigt.

5

»Wir müssen über Duma reden«, sagt Pola.

Sie sitzen auf der Terrasse, die metallischen Stühle als Erweiterung ihrer Beine, die Stuhlbeine hohl, ihre Beine gefüllt mit feuchtem Leben, das nicht austrocknen darf. Leichter Regen tropft auf die Steinbalustrade dieses verspielten Gebäudes. Schnörkel überall. Abbild einer anderen Zeit. Wer jetzt noch lebt, muss geradlinig bleiben.

»Was ist mit Duma?«, fragt Ruth.

Sie sitzen geschützt unter einem Vordach. Ruth nimmt einen Schluck Tee und schiebt sich das letzte Stück Gebäck in den Mund. Pola hat längst aufgegessen, Hunger ist ihr zweiter Vorname.

»Ich glaube, sie verliert den Verstand«, sagt Pola.

Wer nicht, möchte Ruth sagen, doch sie wendet den Blick, sucht den Horizont zwischen den Linien der Häuser und Kuppeln.

»Ich mein es ernst«, sagt Pola. »Sie weicht dauernd aus, geht ohne Grund in Deckung. Hat sie dich noch nie überrascht, wenn sie um die Ecke springt und dich anstarrt, als hättest du sie beim Stehlen erwischt?«

»Nein«, sagt Ruth. »Aber ich bin in letzter Zeit auch selten ohne Begleitung unterwegs. Dank euch.«

Der Ton der Beschwerde sitzt zwischen ihren Worten wie eine alte Hexe. Pola lacht nur.

»Schön für dich. Aber glaub mir, Ruth. Du darfst Ania nicht mit Duma allein lassen.«

»Duma weiß, was passiert, wenn sie redet.«

»Ich glaube, das ist ihr mittlerweile egal. Wir müssen sie im Auge behalten.«

Ruth schweigt. Ihre Faust fällt auf den Tisch, schwerer als beabsichtigt. Die gelbliche Flüssigkeit in ihrer

Tasse bildet Kreise, die an die filigranen Wände schlagen. Pola schürzt die Lippen. Mehr Reaktion gönnt sie der Führerin nicht.

Sie sitzt aufrecht mit geradem Rücken und übergeschlagenen Beinen, ihre Unterarme liegen auf den Lehnen des Stuhls, die faltigen langen Finger, noch immer elegant, hängen scheinbar kraftlos an deren Enden hinab. Die Finger einer Marionettenspielerin, jeder einzelne hochbeweglich. Mit einem Zucken des kleinen Fingers hebt sie dir die Beine und lässt dich davonlaufen. Jetzt haben sie also auch Duma im Visier. Und mich?, denkt Ruth und kratzt sich am Kopf.

»Ich glaube, Ania ist noch nicht so weit«, sagt Ruth, ohne Pola anzuschauen.

»Was ist passiert?«

»Nichts. Nichts von Bedeutung. Es ist eher so ein... Gefühl.«

Pola zischt die Luft zwischen ihren Zähnen ein und aus. Ein gehässiges, tierisches Lachen.

»Was?«, schreit Ruth. Zu laut, sie weiß das. Sie möchte, dass Pola versteht.

»Verzeih mir, aber – bitte, Ruth. Dass ausgerechnet du diejenige bist, die mir erklärt, sie würde eine der größten Entscheidungen dieser Regierung von einem *Gefühl* abhängig machen... das klingt wie ein schlechter Witz.«

Ruths Augenlider hängen schwer. Mein Nacken ist so weich, denkt sie, wie aus Butter. Es braucht nicht viel, und mein Kopf rutscht von der Wirbelsäule, gleitet über meine Brust hinab und rollt über den Steinboden.

Ruth holt tief Luft.

»Sie ist noch ein Kind, Pola. Sie hat keine Ahnung.«

Pola senkt ihr Kinn. Sie beugt sich vor.

»Das würde ich so nicht sagen. Sie hat keine *Erfahrung*. Das ist etwas anderes. Deshalb haben wir sie ausgesucht. Ania ist ein Neuanfang. Gib ihr Zeit.«

Ruth wird der Stuhl unter dem Hintern unbequem. Sie spannt die Oberschenkel an. Ein Windhauch legt ihr Sprühnebel aufs Gesicht. Die Regentropfen brechen die schimmernden Oberflächen der Pfützen am Boden.

»Erzähl mir nichts«, sagt Ruth. »Du hast für sie interveniert.«

Pola schüttelt den Kopf: »Ich habe abgestimmt, genau wie jede andere im Rat. Ania war mit Abstand die intelligenteste aller Kandidatinnen. Sie war die Beste ihres Jahrgangs, eine herausragende Persönlichkeit inmitten der verspielten Mädchen. Sie hat eine hohe soziale Kompetenz, ohne das Ziel aus den Augen zu verlieren. Sie wird das Richtige tun. Und sie wird immer in Abstimmung mit dem Rat entscheiden.«

Der Regen macht die Kuppeln schwer, die Millionen kleiner Humid-Lamellen in den straffen Bahnen kämpfen mit Überforderung. An den Rändern ziehen Rinnsale in feinen Fäden herab.

»Wir haben unsere Entscheidungen damals nicht grundlos getroffen«, sagt Ruth. »Wir haben Dinge erlebt. Am eigenen Leib. Und wir wissen, Pola, wir wissen doch ganz genau: Sobald wir auch nur einen Millimeter nachgeben, sind wir verloren.«

Polas Lippen werden weicher. Ruth weiß, woran Pola jetzt denkt. Sie teilt die Erinnerungen, die ihr den Spott aus dem Gesicht treiben.

Pola sagt: »Die Dinge sind jetzt anders, Ruth. Wegen uns.«

»Und was garantiert uns, dass das so bleibt?«

»Nichts«, sagt Pola tonlos. »Aber das liegt auch bald nicht mehr in unserer Macht.«

Ruth fährt sich übers Gesicht. Ihre Handflächen bleiben an der Protektionscreme auf ihren Wangen hängen. Sie hebt den Kopf, hebt den Blick. Sie sehnt sich nach genau der Ahnungslosigkeit, die sie Ania vorwirft.

»Was ist los mit dir?«, fragt Pola. »So kenne ich dich gar nicht.«

»Es ist alles in Ordnung.«

»Ruth. Du verlierst den Kurs. Du schlingerst durch die Tage.«

Ruth spürt die Furche, die sich über ihre Stirn und bis in ihre Gedanken gräbt. Pola soll endlich gehen.

»Bleib konzentriert«, sagt Pola. »Du hast das alles aufgebaut, das ist dein Werk.«

»Unser Werk«, sagt Ruth.

Können Fäuste zittern? Verknotet man nicht gerade deshalb die Finger zu Klumpen? Sie hat sich nie dafür entschieden, dieses Leben allein zu führen. Diese Entscheidung wurde ihr abgenommen. Warum nehmen sie ihr nun auch noch ihre Arbeit weg?

Pola beugt sich weit vor, verringert die Distanz. Dringt ein in einen Bereich, den die Führerin normalerweise für sich allein beansprucht. Und legt ihre Puppenspielerinnenhand auf Ruths Faust.

»Ich bin bei dir. Du bist nicht allein.«

Ruth ist klar, dass sie jenen Punkt im Leben schon längst überschritten hat, ab dem man, anstatt nach vorne zu blicken, nur noch nach hinten schaut. Was sie nicht akzeptieren kann, ist der emotionale Kontrollverlust. Dieses Fallen, Stürzen in die Erinnerung, ausgelöst durch Blicke und Gerüche. Als würde sich das Hier und Jetzt zersetzen in den Nebelgranaten des gelebten Lebens.

Es ist schon viel Zeit vergangen, seit Pola sie das letzte Mal berührt hat. Vor allem die intensiven Berührungen liegen Jahrzehnte zurück. Wir möchten ja vergessen, wen wir geliebt haben, wir möchten so tun, als hätten diese Begegnungen nie stattgefunden. Als wären wir frei. Oft reicht das Tippen einer Fingerspitze, um uns des Selbstbetrugs zu überführen und um zu zeigen, dass das Vergeben und Vergessen nicht mehr ist als eine dünne Schicht, die sich beim Aufeinandertreffen sofort in Luft auflöst.

Ruth erinnert sich an den Körper, den sie selbst vor 40 Jahren besaß. Die straffe Haut. Der feste Bauch. Sie erinnert sich an blitzende Lichter in einem Keller, an dröhnende Bässe und glänzende Silberstangen. Nackte Frauen hingen daran wie halbierte Tierkadaver an Haken, sie rekelten sich, ein Lächeln dick ins Gesicht gemalt. Perfekte junge Körper, auf denen sich keinerlei Lebenserfahrung abzeichnete, eine Leinwand für die Fantasien der geifernden Männer vor ihnen.

Ruth hatte die Leitung ihrer Abteilung übernommen. Ein großer Schritt, auf den sie seit ihrer Promotion hingearbeitet hatte, gehofft, gewartet hatte, eingekeilt im Labor zwischen Listen, Pipetten und Gläsern. Ihre Erfolge sprachen eigentlich für sie, aber nie laut genug. Und als es endlich so weit war, wollte man ihr die ungeteilte Aufmerksamkeit wohl nicht gönnen, denn es wurden zeitgleich auch drei männliche Kollegen aus anderen Bereichen befördert. Sie standen in der Aula des Instituts, Ruth noch immer im Laborkittel, sie hatte damit gerechnet, nur kurz anzustoßen, und jetzt wurde schon ein Taxi gerufen und ein Tisch reserviert. »Die Mehrheit bestimmt«, schrie ihr Chef. Eine Ader pochte auf seinem Hals. »Das ist Demokratie!«

Also zog Ruth, die Minderheit, den Kittel aus und stolperte hinter ihnen die Stiegen hinunter, sie trank mit, sank in dieses rote Samtsofa, so unsichtbar wie möglich im dunklen Kostüm, und sie wünschte, sie könnte zerfallen wie die Iodid-Verbindungen in ihren Reagenzgläsern.

Ruth schaute auf die Uhr. Einer der Männer beobachtete sie, beugte sich zu ihr und sagte: »Wie lange lässt dich dein Mann heute ausgehen?«

Ruth hatte die Deckung so satt. Wenn die Männer wüssten, wie viel Kraft es kostete, mitzuspielen, wie viel Kraft, diesen schmalen Grat zu halten, nicht aufzufallen und gleichzeitig auffällig genug zu bleiben, tarnen und täuschen und trotzdem so unendlich müde zu sein. Sie war so stolz auf sich gewesen, dass sie ihr die Leitung übergeben hatten, und jetzt gerade dachte sie daran, was es bedeuten würde, sie zu behalten. Nach dem Spiel war vor dem Spiel.

Da entdeckte sie Pola. Rote Feuermähne im Halblicht, Ruth hatte sie schon bemerkt, aber sie hatte sie für eine der Tänzerinnen gehalten. Auch Pola hatte drei Männer in weißen Hemden mit sich auflösenden Gesichtern bei sich sitzen. Die Schleuse im Krad-Gebirge war gerade eröffnet worden, Ruth hatte Pola in den Abendnachrichten gesehen, wie viele Frauen saßen schon im Vorstand der Wasserwerke, sie wirkte wie ein Farbfehler zwischen ihren leichengrauen Kollegen.

Jetzt stand sie hier, lachte laut und nahm einen Schluck aus ihrem Glas. Die Hand eines Mannes lag auf ihrer Hüfte. Sie schien es zu genießen.

Ich kann das nicht, dachte Ruth. Das bin ich nicht.

Die knorrigen Finger der Übelkeit schlossen sich um ihren Hals und boxten ihr in die Magengegend. Schnell stand sie auf, drängte sich durch den Geruch von Aftershave und Androstenol, hin zu einer völlig leeren Damentoilette. Sie schloss die Tür einer Kabine und erbrach sich, rosa Schleim auf weißem Porzellan. Unspektakulär und problemlos. Sie hatte keine langen Haare, die ihr ins Gesicht hingen. Ruth klappte den Deckel zu, betätigte die Spülung, setzte sich hin. Ihr Kopf lag in ihren Händen. Sie würde das schaffen. Sie würde einen Weg finden. Sie musste nach Hause.

Dann plötzlich: Schritte. Ein Klopfen an der Kabinentür. Eine Stimme. Polas Stimme.

»Alles in Ordnung bei dir?«

Ruth drückte die Tür auf, und Pola war da. Auf dem Samt ihres Kleides glitzerten wasserblaue Sprenkel. Sie sagte nur: »Komm, wasch dich mal.«

Ruth klaubte ihre Gliedmaßen zusammen, nahm Schwung, stand auf. Sie sah den Fleck auf ihrem Rock. Die engen, schwarzen, viel zu teuren Schuhe. Das unbändige Bedürfnis, sie auszuziehen. Ruth drängte sich an Pola vorbei, ungelenk. Sie wusch sich die Hände, das Gesicht, spülte sich den Mund aus.

Pola hielt ihr einen Kaugummi hin.

»Du bist die Chemikerin aus der Firma, wo Alfie arbeitet.«

»Alfie hat gekündigt«, sagte Ruth schroff. Sie starrte auf die Spitzen ihrer Schuhe. Und auf die von Pola.

»Wir müssen zusammenhalten«, sagte Pola, einfach so.

Sie lehnte an der Kabine, die Arme vor der Brust verschränkt. Einen Fuß hatte sie auf die Ferse gekippt, wackelte herausfordernd mit den Zehenspitzen hin und her.

»Warum sollten wir zusammenhalten? Ich kenne dich nicht.«

»Weil du allein untergehen wirst.«

Ein Satz. Das rosa Erbrochene war schon weggespült, der Geschmack war noch da. Ruth schluckte.

»Sie haben uns eingeredet, dass wir es alleine schaffen müssen«, sagte Pola. »Jede Art von Unterstützung wäre ihnen ein weiterer Beweis dafür, dass wir nicht in der Lage sind, das Gleiche zu leisten wie sie. Aber schau sie dir an! Wie sie sich zusammenrotten, wie sie aufeinander kleben. Glaubst du, einer von denen, die da draußen sitzen, hat sich seinen teuren Anzug alleine verdient, aus eigener Kraft? Es hat immer jemanden gegeben, der ihm auf die Schulter geklopft hat, der ihm eine Tür geöffnet hat. Irgendwer hält ihm immer den Sessel warm. Ich finde, wir sollten das auch tun.«

»Aber wir sind nur zu zweit. Ziemlich wenig warme Stühle.«

»Und mehr Vertrauen. Oder sagen wir: Kontrolle. Das Wort magst du lieber, oder?«

Polas Auge zuckte. Zwinkerte sie ihr zu?

»Hast du Kinder?«, fragte Ruth.

»Nein. Du?«

»Ja. Eine Tochter.«

»Hast du eine Freundin?«

Ruth schüttelte den Kopf: »Ich bin verheiratet.«

Pola grinste, sie lachte sie aus, und Ruth spürte die Hitze in ihre Wangen schießen.

»So eine Freundin hab ich nicht gemeint. Eine Verbündete. Eine Vertraute. Jemanden, der dir Türen öffnet.«

Pola streckte ihr die Hand entgegen.

Was erkennt man am Händedruck eines Menschen? Seine Entschlossenheit? Oder Konfliktscheue, mit fischig weichen Fingern? Oder die großen Pranken der hierarchisch Höhergestellten, die dir zeigen: Ich werde dich zermalmen?

Wie war Polas Händedruck? Ruth kann sich nicht mehr erinnern. Woran sie sich erinnert: Haut auf Haut. Ein Blitz traf sie, und der alte Schmerz Sehnsucht krampfte sich in ihre Eingeweide. Ja. Sie wollte eine Freundin, auf jede nur erdenkliche Weise.

Pola sagte: »Wollen wir abhauen?«

In Ruths straff gespanntem, passgenauem, gut abgezähltem Leben bildete sich in diesem Moment eine Falte. Eine Schlaufe, durch die sie fiel, und sie fiel aus Raum, aus Zeit, aus der Verantwortung und aus der Person, die sie bisher gewesen war. Sie saß im Taxi neben Pola. Beide hatten sie Abstand gehalten, einen Burggraben gebaut aus den Händen, die zwischen ihnen auf dem Rücksitz lagen, eine wunderschöne elegante Hand und daneben ihre kleine, verkniffen, als würde sie nicht zu ihr gehören. Blonde Härchen auf Polas Unterarm, die Linie zwischen heller Haut und dunklem Stoff, Leberflecke vereinzelt. Pola erzählte etwas von einem Ort am Meer, Ruth starrte auf ihre Hände, auf die Sehnen, die in Finger mündeten, auf die rot lackierten Fingernägel. Sie hörte das Blut in ihren Ohren rauschen, die nächtlichen Lichter zogen vorbei, Werbung und Kirchen, und rote Ampeln, der Weg war unendlich lang und sie fiel in sich zusammen, Stück für Stück, in kleinen Teilchen, wie Sand rieselte die Haltung in ihrem Körper nach unten und zog zu diesem einen Punkt an ihrer Handfläche, wo die Berührung noch nachhallte.

Polas Finger bezahlten die Rechnung, öffneten die Autotür, sie hingen linkisch an dieser beeindrucken- den Frau, die da stand in der Nacht vor ihrem Haus, grinsend.

»Komm mit«, sagte Pola.

Sie setzten sich auf den weißen Hochflor-Teppich, mit Gläsern in der Hand. Ruth erinnert sich, wie es war, Alkohol zu trinken. Ein Schluck Hemmungslosigkeit. Ruth vermisst es nicht.

Pola erzählte von ihrer täglichen Arbeit. Von den Wasserreservoirs dieser Stadt, mit ihren Zuflüssen und Ableitungen, die Adern eines Organismus, in dem die Menschen nicht mehr waren als Mikroben. Sie erzählte von Pegelständen, die zurückgingen und davon, wie absurd es war, davon zu sprechen, ohne dass es jemand hören wollte. Hier zu sitzen, als wäre das, was sie Ruth zu erzählen hatte, Geheimwissen, obwohl sie doch täglich darum kämpfte, die Fakten unter die Leute zu bringen.

»Die Wahrheit ist zu radikal«, sagte Pola. »Vielleicht sollten wir es mit Märchen versuchen.«

Die Wissenschaft hatte damals längst erkannt, dass es zu einem irreparablen Rückgang der Wasservorräte kommen würde. Versiegelung, trockene Böden, ausbleibende Regenphasen. Leergepumpte Grundwasserreservoirs. Die Adern, die die Menschheit jahrhundertelang versorgt hatten, verklebten nach und nach. Sie standen kurz vorm Kipppunkt. »Mitigation oder Adaption?«, umriss Pola die Alternativen. Sollten sie alle Kräfte daran setzen, die voranschreitende Katastrophe abzuschwächen, oder gingen sie in Deckung und passten sich an? Noch hatte Pola nicht aufgegeben. Zu diesem Zeitpunkt setzte sie alles auf die Mithilfe der Bevölkerung.

»Obwohl das Abwälzen eines gesellschaftlichen Problems auf einzelne Individuen noch nie etwas gebracht hat«, sagte Pola. Weiße Zähne, ein Glänzen, wenn sie die roten Lippen hochzog und das Z in *Abwälzen* hervorsprang wie ein Hund an der Kette.

Die Tropfen und Flüsse und Wasserspeicher, von denen sie erzählte, schwappten als politische Welle über Ruth, und wäre ihr irgendetwas an Religion gelegen, dann würde sie vielleicht von einer Taufe sprechen, die sie an diesem Abend zu einem neuen Menschen machte. Sie selbst kannte die Dinge, von denen Pola sprach – das Abschieben von Verantwortung, die arrogante Ignoranz der Mächtigen, den Wunsch, sich zu formieren und zurückzuschlagen, etwas zu bewegen, ein Meer zu sein anstatt des Tropfens, der darin verlorenging. Doch Ruth hatte diese Gedanken immer als Makel ihrer grüblerischen Persönlichkeit abgetan, als Behäbigkeit, die sie mit sich herumtrug und die sie daran hinderte, im Strom der Glücklichen und Erfolgreichen mitzuschwimmen. Pola sprach vom Patriarchat als Mittäter an der Vernichtung der Lebensgrundlagen, und Ruth dachte: Eine Frau zu sein, war das schon ein politischer Akt?

»Schritt für Schritt«, sagte Pola damals. Sie erzählte von Bäumen, an die sie sich gekettet hatte, damals, als sehr junge Frau, und von Straßen, auf die sie sich geklebt hatte. Und sie sprach davon, wie sie ihre Strategie verändert hatte mit den Jahren. Dass sie in den Hintergrund getreten war, weil die wirkliche Kraft immer aus den versteckten Ecken kam.

»Lass uns zusammenhalten«, sagte Pola. Da war ihre Hand schon auf Ruths Nacken und ihre Lippen ganz nah an ihrem Ohr. Polas Rücken war schmaler, als Ruth gewohnt war, die Arme kürzer, eine leichte Verschiebung der Proportionen, die sie, die Ehefrau, im Gefühl hatte, irritierend und schön zugleich. Pola beugte sich vor, drängte Ruth nach hinten, sie spürte Polas volles Gewicht auf sich, und ja, genau so, dachte Ruth, drück mich weg, gib mir Gewicht, weg mit der Zittrigkeit, walz mich aus, bis nichts mehr ist.

Am Ende, oder vielmehr am Anfang, lag Pola in ihrem Arm und sagte: »Wir brauchen keine Männer.«

Damals war es ein Spiel. Damals, vor den Bombeneinschlägen, die das Herz der Stadt zersplitterten. Vor den Wassermassen und den Wunden und der ohrenbetäubenden Stille der Kapitulation.

Um eine Idee zu gebären, braucht es manchmal nicht mehr als einen Rücken, der an eine Wand stößt.

Pola hat recht: Ruth ist nicht allein und war es niemals.

6

Der Sekundenzeiger springt weiter, ein Stück und noch ein Stück, die Zeit läuft. Ania zählt stumm die Zahlen mit.

»Du hörst mir gar nicht zu«, sagt Carmen, ihre Augen schwärzer, als sie sonst schon sind.

»Entschuldige«, sagt Ania. Es fällt ihr schwer, ihre eigene flatternde Aufregung in einer Schublade aus Respekt zu verstauen und sich auf diesen Raum hier einzulassen, mit seinen geometrischen Kästen und den getönten Scheiben und der drohenden Ruhe. Sich auf Carmen einzulassen.

Sie nimmt Carmens Hand. Kühl spannt sie sich um ihre eigene. Carmens dunkles Haar klebt in kleinen Strähnen an den Rändern ihres Gesichts. Sie liegt im grünen Nachthemd auf der grünen Liege neben ihr, voller Hoffnung. Noch ist keine Wölbung zu sehen. Untersuchung Nummer zwei. Ein Statusupdate zum Experiment Leben.

»Rosalia und Shuri werden schon nächste Woche mit dem Zimmer fertig«, sagt Carmen und lächelt. »Sie sind eine gute Wahl.«

»Ich hätte das Sechsermodell besser gefunden«, sagt Ania. »Oder zumindest das Fünfer. Noch mehr Hände.«

»Und noch mehr Absprachen, die getroffen werden müssen«, sagt Carmen. Sie dreht den Kopf weg und fährt sich übers Gesicht. Streichelt sich selbst, weil Ania es nicht tut.

»Alles wird gut«, sagt Ania jetzt. Sie nimmt Carmen in den Arm.

Das Klacken der Tür hinter ihnen löst ihre Umarmung. Es ist dieselbe Ärztin wie beim letzten Mal.

Eine alte Normcore mit Grübchen in den Wangen. Über Carmens Gesicht huscht ein Lächeln, und Ania holt tief Luft. Seit Carmen als Trägerin akzeptiert wurde, zittert ihr Nervensystem wie die Kuppeln im Wind. Es sind die Hormone, denkt Ania, aber es ist auch etwas anderes. Nachts hört sie Carmen unter der Decke schluchzen. Sie will nicht darüber reden. Was sollte sie auch sagen? Die Erwartungen der anderen sind zu groß, der eigene Körper zu klein, ja, doch dehnbar, aber hält er so viel Hoffnung wirklich aus, ohne zu zerspringen?

Beim ersten Mal hat es nicht geklappt. Doch dieses Mal läuft alles gut. Eine dritte Chance werden sie nicht mehr bekommen, denn Vorräte sind vorhanden, aber begrenzt, und sind sie nicht genau die Generation, die gelernt hat, mit dem zurechtzukommen, was noch vorhanden ist? Die lernen musste, mit dem glücklich zu sein, was die anderen übrig gelassen haben? Halt deinen Trotz zurück, denkt Ania, es geht hier nicht um dich. Zynismus ist unangebracht. Carmen wird der Gemeinschaft einen neuen Menschen schenken, und auch sie, Ania, wird ihren Teil zum Aufbau der Zukunft beitragen, mit ihrem Verstand, ihrer Schnelligkeit, ihrer Ausdauer. Sie spürt die Verantwortung wie eine steinerne Mauer auf sie zukommen, doch Ania fokussiert die Spalten und Einkerbungen darin, und im richtigen Moment wird sie springen und klettern und am Ende oben stehen. Sich nach oben kämpfen oder untergehen, der Reiz des Spiels hat sie schon gepackt.

Carmen stöhnt leicht auf, als die Ärztin ihren Bauch abtastet.

»Das ist nur die Nervosität«, sagt die alte Frau freundlich. »Entspann dich.«

Ein Knopfdruck startet die Übertragung des Sensors, und am Monitor flirrt der kleine bronzene Zellklumpen mit ruckartigen Bewegungen. Verhältnisse von Schädel und Knochen werden gemessen, der Fortschritt wird katalogisiert und der neue Mensch mit denen verglichen, die vor ihm schon hier waren und zum Maß aller Dinge wurden. Am Anfang sind wir nicht viel mehr als Ziffern und Zahlen in einer Tabelle, und wenn du Glück hast und die Nummern für gut befunden werden, dann landest du auf diesem bröckligen Rest von Erde und darfst ihn mitgestalten. Oder sogar seine Anführerin werden.

»Die Orgasmen haben deinem Becken gutgetan«, sagt die Ärztin. Carmen lächelt stolz. Es schmerzt Ania zu sehen, wie sehr Carmen andere zufrieden machen möchte. Diese hündische Gefallsucht, denkt Ania. Und: Bin ich ein schlechter Mensch?

»Die Therapeutin ist sehr gut«, sagt Carmen. »Danke für diesen Tipp.«

Die Ärztin mustert Ania.

»Warst du mit dabei?«

Ania schüttelt den Kopf.

»Sie hat gerade sehr viel zu tun«, sagt Carmen.

Die Ärztin legt den Kopf schief und schaut Ania gerade in die Augen. Jadefarben, mit Lichtsprenkeln aus Gold.

»Ja, das habe ich mitbekommen«, sagt die Ärztin. Der Stolz klopft in Anias Brust. Oder doch die Angst?

»Wann wird Ruth gehen?«, fragt die Ärztin.

»In 91 Tagen«, sagt Ania.

Die Ärztin lacht, auf ihren Backenzähnen glänzt das Gold. Ania kennt diese Momente: Eine Erinnerung reißt ihr Maul auf und verschlingt die Gegenwart und alle, die sie bewohnen. Alte Frauen und ihre unsichtbaren Verbindungen, so undurchschaubar und doch so mächtig, denkt Ania trotzig.

»In 91 Tagen also. So Ruth will«, sagt die Ärztin.

»So Ruth will«, lallt Ania ihr nach. Wann ist das hier endlich geschafft? Sie möchte los, sie hat noch so viel zu tun.

Schweigend steigen sie die Stufen hinauf, Ania zählt die Sekunden, sie zählt die Stufen, drei, vier, fünf, sieben, zweiter Stock, sie zählt die Tage.

»Wird das irgendwann wieder anders?«, fragt Carmen.

»Das hoffe ich doch.« Ania zeigt ihre Zähne.

Carmen bleibt stehen, eine Stufe über ihr. Sie dreht ihr den Körper zu. Konfrontativ, und doch parallel. Baut sich vor ihr auf, einen Kopf, eine Stufe größer als sie. Sie verwuschelt Anias Haare. Küsst ihre Nasenspitze. Und sagt: »Dann geh. Tu, was du tun musst.«

Carmen schafft es, noch viel besser als Ania, das Leben in Worte zu fassen, Dinge zu greifen, die sich zwischen die Menschen und die Steine legen. Das Gefühl, nicht genug zu sein, fällt von ihr ab. Ania streckt sich, spürt die Kraft in ihren Gliedern. Die geparkten Worte kommen in Fahrt und sprudeln hervor: »Heute darf ich das erste Mal hinter die Tür. Alev zeigt mir ...«

Carmens Augenlider sinken, einen Millimeter nur, und Ania hält inne, mitten im Satz. Das muss Carmen nicht wissen. Ania nimmt Carmens Gesicht in ihre Hände und küsst sie. Sie braucht den wachen Blick dieser Frau. Sie braucht ihre Rückendeckung.

»Willst du mit mir zu Abend essen?«, fragt Ania.

Carmen nickt. Ania lächelt und dreht sich um, sie springt die Stufen hinab, mit sicherem Tritt, zwei auf einmal. Sie stößt die Tür auf – der routinierte Blick aufs Handgelenk: Feinstaub und Virenlast halten sich durch den Regen gestern in Grenzen, die Maske ist heute nicht notwendig – und läuft die Straße entlang. Die Betonplatten am Boden werden von dunklen Linien zerteilt, Schattenstrich über Schattenstrich zeichnen sie ein

Netz, verwoben mit Rissen und Ausbesserungen, und Ania sucht sich dazwischen ihren Weg. Versucht, nicht auf die Linien zu treten. Wer sagt, sie hat keine Zukunft? Alles ist möglich. Die Schatten der Kuppeln, die die Vorfahren gebaut haben, die Straßenzüge und Randsteine, sie alle geben die Pfade vor, aber den Weg gehst du selbst, die Schritte wählst du selbst, und Ania beschleunigt ihr Tempo. Jemand grüßt sie, sie grüßt zurück. Ja, es hat sich herumgesprochen, nicht nur die Ärztin weiß, wer sie ist, wer sie sein wird oder sein könnte. Weiß Ania, wer sie sein wird?

Wer allerdings zweifelt, ist Ruth. Sie bewundert diese alte Frau, respektiert, ja fürchtet sie fast. Ihre steinerne Miene. Ihre erhabene Autorität. Doch jeden Tag, den sie mit ihr verbringt, schießen Haarrisse über die Oberfläche der lebenden Statue. Es muss einen Grund haben, dass sie Ruth wegschicken. Und Ania holen. Alles hat einen Grund. Sicher, Ruth hat so vieles geschafft, aber glaubt sie wirklich, sie sei unersetzbar? Die Menschen funktionieren nur als System, als Schwarm, das weiß Ania. Als Kollektiv, das sich gegenseitig hält.

Ania ist hier aufgewachsen, sie kennt den Bauch der Stadt mit den geschwätzigen Innenhöfen und den neugierigen Gesichtern dazu, sie kennt das Raster der Straßen und die metallenen Reißzähne, die sich in den Boden fressen, um die schattenspendenden Bahnen über ihren Köpfen zu tragen. Sie kennt die Menschen und sie vertraut ihnen, jeder einzelnen. Sie ist hier sicher, zu Hause, und sie hasst das Mitleid in den Blicken der Älteren, wenn sie sagt, sie habe keine Mutter. Kann dir etwas fehlen, das du nicht kennst? Kannst du etwas vermissen, das nur durch die Beschreibungen anderer in deiner Vorstellung entsteht? Ania hat viel Fantasie, aber sie hat keine Zeit, vor allem nicht für den schweren Blick zurück. Was sie weiß: Sie wurde umsorgt. Sie wurde erzogen, gefördert, geliebt und geschätzt. Sie hatte viele Mütter, und keine davon beanspruchte diese Bezeichnung. Der hehre Wert biologischer Bande ist etwas für Menschen, die es sich leisten können, darauf zu pochen. Was Ania kennengelernt hat, ist die Kraft der Gemeinschaft, ist das Wissen darum, eine Heimat unter Menschen zu haben, und sei sie auch noch so klein. Sie hat keinen Krieg erlebt. Sie hat davon gehört, sie lebt noch mit den Nachwehen derer, die nicht aufhören können, davon zu sprechen. Sie hat nichts verloren, auch wenn Farinas wässrige Augen eine andere Geschichte erzählen.

Ruth ist da anders, Ruth ist ihr ähnlich. Ania stockt in ihren Gedanken. Ist sie das wirklich, oder hofft Ania das nur? Pola. Ania lächelt. Pola ist einzigartig. Egal, wie alt diese Frau werden wird, egal, wie viele ihrer schrillen orangen Haare sie noch verlieren wird, Pola macht den Mund auf und du weißt, warum es diese Stadt noch gibt.

Ania verlangsamt ihre Schritte. Wer sich in der Hitze zu schnell bewegt, wird nicht weit kommen, auch das hat sie von den Frauen gelernt, die sie großgezogen haben. Wieder ein Schritt über einen Riss im Boden – Lebenslinien, denkt Ania, in uns und um uns. Unter meinen Füßen und an den Hauswänden der Stadt. In geraden Bahnen winden sich die Hydroponik-Leisten an den Fassaden entlang, lassen Grünzeug wachsen und blühen. Versorgen die Stadt mit Luft. Und sie sind hoch genug gesetzt, denkt Ania. Wehe, du greifst in die gemeinschaftlich geregelte Sauerstoffversorgung ein. Auf dem Schwarzmarkt kostet eine Pflanze ein Vermögen.

Das Regierungsgebäude erhebt sich hinter der nächsten Straßenflucht, schon sieht sie die grünen Dächer, auf die die Kuppeln zulaufen. Sie sieht den Balkon, auf dem Ruth vor wenigen Tagen gestanden ist.

Es zischt. Es flattert. Ein Windstoß fährt durch die Segel der Kuppeln über ihr. Zischende Laute, noch einmal und viel näher. Das ist kein Windstoß. Es ist eine dicke Person rechts von ihr. Duma! Sie pfeift. Duma sitzt auf einer der steinernen Stufen der Freitreppe vor dem Regierungsgebäude, hinter einer Sphinx. Ihr Oberschenkel lehnt an den schweren Pranken des Löwinnenkörpers. Als hätte sie die Kreatur gezähmt und könnte sie jederzeit auf jemanden hetzen.

»Ich habe auf dich gewartet«, sagt sie und kichert.

»Auf mich?«

Ania macht zögerlich einen Schritt auf sie zu.

»Es gibt so viele Dinge, die du noch lernen musst«, sagt Duma, ohne sie anzusehen. Sie löst die Schale von einer Orange. Ihre Nägel gelblich, quetscht sie ihre Finger in die wässrigen Spalten, krallt sich eine heraus und hält sie Ania hin.

»Möchtest du?«

Ania schüttelt den Kopf. Duma bohrt weiter.

»Du warst in der Klinik«, sagt sie.

»Woher weißt du das?«

Duma wirft ihre gelbliche Hand von sich, verdreht die in Hautschichten verpackten Augen.

»Wir wissen alles über dich.« Sie kichert in sich hinein. »Du bist unsere Hoffnung. Und bei der eigenen Hoffnung kann man nicht vorsichtig genug sein.«

Jetzt kneift sie ihre Lider zusammen, der Blick sticht noch immer daraus hervor.

»Wie geht es dem Nachwuchs?«

Ania erinnert sich an ihre erste Begegnung, Duma war ihr sympathisch, oder vielleicht hat sie die Stille nur falsch interpretiert. Ihr massiger Körper wirkte beruhigend. Als wäre er ein Beweis dafür, dass wir auf diese Erde gehörten, dass wir Berge sind, stark und unverwundbar.

»Vielleicht wird es ja ein Junge«, sagt Duma, und ihr Lächeln zerrt an den Lippen und legt die Zähne frei.

Ania zweifelt an Dumas Verstand und… nein, halt, wenn sie an Dumas Verstand zweifelt, dann zweifelt sie ja auch an Dumas Entscheidung, und damit stellt sie ihre eigene Ernennung in Frage. Deshalb sagt sie:

»Das ist unmöglich. Seit mehr als 20 Jahren gibt es keine als männlich klassifizierten Menschen. Und das weißt du.«

»Gibt es nicht, gibt es nicht«, murmelt Duma.

Die Zitrusfrucht hat den Saum von Dumas Tunika verfärbt. Sie streicht über die gelben Fransen und sagt: »Weißt du, wir wollten immer alles. Wollten Eier haben, und wir wollten Hühner fressen. Dicke, fette Hühner.«

Sie lacht viel zu laut und klopft sich auf den Bauch. Ania dreht den Kopf, sieht sich um. Sind sie alleine? Gibt es einen Ausweg aus diesem Gespräch? Duma beachtet sie nicht, sie plappert weiter, während ihre Finger an gelber Erinnerung fieseln.

»Aber dann … dann sind da diese kleinen männlichen Küken. Winzige Wollknäuel. Nicht größer als meine Hand.«

Ania streicht sich die Haare hinters Ohr, steckt die Hand in die Hosentasche. Duma redet wirres Zeug, denkt sie, und vor Ungeduld juckt es mich schon überall.

»Ich muss weiter, Duma,« sagt sie.

Die Alte packt Ania am Arm. Jetzt schreit sie sie an.

»Du willst lernen! Also wirst du zuhören!«

Sie lässt sie wieder los.

»Wir konnten nicht genug kriegen. Also haben wir Fließbänder gebaut. Kleine Schrauben, kleine Rollen.

Wir haben die Wollknäuel draufgesetzt, und dann haben wir sie...«

Duma reißt die Arme auseinander, dann schnellen sie wieder zusammen. Unkontrollierte, ruckartige Bewegungen vor Anias Gesicht.

»Verstehst du? Verstehst du mich?«, schreit sie.

Dumas Augen sind jetzt riesengroß. Gelb wie die Finger, die langsam darüber fahren. Weint sie? Wieder scheren ihre Hände aus, aber diesmal langsam, hilfesuchend. Sie hängen sich an Anias Arm. Wie sie mich anschaut, denkt Ania. Ihr wird der Brustkorb eng, und Dumas Hände hängen marmorschwer an ihrer Seite.

»Wir reden nicht darüber«, sagt Duma. »Niemals. Wir reden nicht darüber. Nein. Nicht Duma. Nicht die fette alte Duma. Es war falsch. Wir reden nicht darüber. Falsch. Wir dürfen das nicht. Nein, wir reden nicht. Schau mich an! Du bist schlau, Kind. Hör mir zu. Du wirst es verstehen.«

»Was werde ich verstehen?«

Schritte nähern sich, und Duma reißt hektisch den Kopf zur Seite. Sie lässt Ania los und stolpert die Treppen hinab, huscht eilig in eine der Seitengassen. Ania schaut auf die Orangenschalen, die vor ihr auf der Treppe liegen, und denkt: Wie eine Schlange, die sich häutet.

Neben Ania steht jetzt Alev. Sie mustert Ania skeptisch, kein Wunder, Anias Hände sind kleine Fäuste mit einer Krone aus weißen Knöcheln.

»War das Duma?«, fragt sie.

Ania nickt.

»Was wollte sie?«

Ania zuckt mit den Schultern. Sie atmet tief ein und aus.

»Ich glaube, sie hat vom Großen Sterben gesprochen. Und von Hühnern.«

»Die alten Menschen und ihre Märchen.«
Alev lächelt Ania aufmunternd zu.
»Komm. Lass uns beginnen.«

7

Im großen Archiv des Regierungsgebäudes war Ania schon einmal. Es gehört zur politischen Bildung, dass die Kinder ihre Geschichte kennen. Auch, um die Dringlichkeit zu verstehen, die ihrer Existenz innewohnt: Es ist wichtig, dass es dich gibt. Von hier kommst du, und dorthin werden wir gehen.

Die mit ockergelbem Stoff bespannten Wände schlucken den Schall und spielen mit den wenigen Lichtstrahlen, die die verdunkelten Fenster durchlassen. Die Jalousien zittern im Wind. Auf der Decke über ihnen tummeln sich kleine, dicke, geflügelte Kinder im Himmel, rotten sich zu Haufen, fingerzeigend: Schau, dort oben sitzt er, in den goldenen Spitzen der Sonne, und sieht alles. Ein Mensch mit weißem Bart und viel zu viel exponierter Haut. Hoffentlich ist er eingecremt, denkt Ania. Sie hat auf einem der Schemel Platz genommen, während sich Alev abmüht, die Präsentation auf der Leinwand in Gang zu bekommen. Ania erinnert sich an den Eindruck, den dieser Raum damals auf sie gemacht hat. Das war der Grund, warum ich begonnen habe, mich für Politik zu interessieren, denkt sie. Oder ist das nur der verzweifelte Versuch, Zufälle mit Bedeutung aufzuladen, weil du dir nicht erklären kannst, warum ausgerechnet du es sein sollst, auf die sie gewartet haben?

»Jetzt hab ich's«, sagt Alev erleichtert.

Rötliche Wolken mustern ihre Wangen. Alev, eine Essential, mit einem Körper reduziert aufs Wesentliche. Ihre Lider flattern. Du hast Angst davor, Fehler zu machen, denkt Ania. Ruth weiß das sicher gut zu nutzen.

Die Beleuchtung des Raums dimmt ab, und vor ihnen erscheint die Weltkugel. In der ursprünglichsten Form, in der sie vermutet wird, getränkt in den großen Ozean, darauf schwimmend Pangäa, der Urkontinent. Die Platten driften auseinander, die Kugel dreht sich, und eine Sprecherin erzählt von Temperaturkurven, die schwanken, aber immer wieder in ihren Rhythmus zurückfinden. Eisplatten wachsen und krümmen sich wieder. Am linken Rand des Bildes rasen die Jahreszahlen hinauf. Kurz bevor die vorderste von eins auf zwei springt, mit dem Anfang des Kapitalozäns, beginnt die Temperaturkurve nach oben zu schießen. Kontinente verkleinern sich, Wellen verschlucken große Teile der Küstengebiete.

Ania sagt: »Ich kenne das aus der Schule.«

»Geduld«, zischt Alev. »Du bekommst gleich etwas zu sehen, das du noch nicht kennst.«

Mit roten Punkten markiert, fliegen nun Seuchen über den Erdball. Polkappen, inzwischen verschwindend klein, verwandeln sich in immer größere Ozeane. Von dort, wo einmal Asien war, breiten sich die Punkte über die Welt aus. Grundwasserreserven strömen an die Oberfläche, vom Menschen nach oben gepumpt, sie fließen in die Meere und verschieben den Nordpol. Strichlierte, dünne Pfeile markieren den Austausch. Ganz leicht neigt sich die Erde in Richtung Betrachterin.

Die nächsten Jahreszahlen, die nächsten Grade Temperaturanstieg. Und immer mehr Land verschwindet unter Wasser.

»War Ruth in diesem Jahr schon Präsidentin?«

»Nein, noch nicht«, sagt Alev.

Jetzt beginnen die Fluchtbewegungen. Landesgrenzen leuchten rot auf. Dicke Pfeile aus den Bereichen, die unter Wasser stehen oder durch Smog, Seuchen oder Erdrutschen unbewohnbar sind, fließen nach oben. Die ersten Verdichtungskriege beginnen. Wer die zweite Phase kennt, den schreckt das nicht, denkt Ania. Die Grenzen Richtung Norden halten dicht, noch immer leuchten sie rot auf dieser Infografik des Horrors. Ania versteht, warum die Älteren wollen, dass die Jüngeren Bescheid wissen, aber sie ekelt sich vor der Sterilität und Vereinfachung der Darstellung. Wenn es mich nicht berührt, existiert es nicht, denkt sie.

Dann der zweite Verdichtungskrieg.

Die Erde ist bereits um einiges kleiner, die Mauern halten dem Ansturm nicht stand. Kleine gelbe Dreiecke – das Symbol für Giftgas – drücken die Pfeile an die Grenzen zurück. Ania denkt: Was hat das mit mir zu tun?

Eine Großmacht im Osten, zusammengesetzt aus den Teilen, die verlorengingen und deshalb ohne Skrupel, baut eine Bombe. Zwei weitere Großmächte reagieren. Das Wettrüsten beginnt, während die gelben Dreiecke die Massen töten und die roten Grenzlinien brüchig werden. Die Bomben detonieren. Orange Querstreifen markieren die Gebiete der Erde, die von nun an unbewohnbar sind und wo kein Leben mehr vermutet wird. Pfeile drängen weiter. Seuchenpunkte werden zu Flecken, die ganze Landstriche ertränken.

Die Jahresziffern rücken vor. Dann, nur kurze Zeit später, im Jahr 2034, das Große Sterben. Die Ausrottung sämtlicher androtoker Homo sapiens. Das Y-Chromosom als Todesurteil durch eine überwältigende, rasende Seuche, deren Ursache bis heute nicht geklärt ist.

Die verantwortlichen Grafikerinnen haben sich für blaue Punkte entschieden, wie kleine Pillen, die über die verbliebene Fläche hingeworfen werden. 2036.

»Das Jahr, in dem Ruth die Führung übernahm«, sagt Alev.

Die Jahreszahlen tackern weiter, verlangsamen sich, verschwinden. Wir sind in der Gegenwart angekommen. Das ist die Welt, wie Ania sie kennt, gefaltet und gebrochen und gepresst, ein kleiner Fleck im Norden der Kugel. Ihr Startpunkt. Was hilft es, zurückzuschauen?

Schwarzblende.

Ania möchte etwas sagen. Möchte die Beklemmung mit einem Witz zur Seite kicken. Als sie Alevs Gesicht sieht, lässt sie es bleiben. Alev hat diesen Film bestimmt schon mehrmals gesehen, trotzdem starrt sie blass die Leinwand an. Aus dem Schwarz erhebt sich ein Schriftzug. *Videoprotokoll.* Die Bilder, die nun auf Anias Netzhaut treffen, wackeln. Die, die sie gedreht haben, haben geweint. Man hört sie im Hintergrund wimmern. Es sind Körper, die zusammengekauert in Ecken liegen. Aufgedunsene Gesichter mit verquollenen Augen, mit bläulichen Adern übersät. *Wir müssen sie wegbringen*, schreit jemand. Gräber werden ausgehoben, mitten im prallen Sonnenschein. Die Kamera schweift über Häuserruinen, Weinen und Wehklagen sind immer noch zu hören. Alev hatte recht: Das hatte man den Schülerinnen erspart. Ania kannte nur Fotos. Die Wucht, mit der sich dieses Zeitdokument über sie stülpt, lässt sie zittern.

Die nächsten Aufnahmen sind Drohnenbilder der unbewohnbaren Erdteile. Ania kann nur erahnen, was es ist, das da auf den Straßen liegt. Ihre Fantasie ergänzt, malt sich Hände und Augen und Münder aus. Unvorstellbar.

Sie sieht das Regierungsgebäude, in dem sie selbst gerade sitzt. Es wird vom Schutt befreit. Die Lazarette, von denen Ruth gesprochen hat, flattern im Wind. Sie sieht die Frauen, mit diesen zerfurchten Gesichtern und den Schaufeln in der Hand. Ania schaut sie an und spürt, was sich in den letzten 30 Jahren verändert hat, wie die Menschen körperlich wieder zu Kräften gekommen sind, die Gedanken sich wieder aus den dunklen Wolken heben konnten. Dann ein Schnitt, und sie sieht die Konstituierung der neuen Regierung, die erste Ratssitzung. Die Schlüsselübergabe an Ruth. Wie sie ihre Hand hebt und schwört: Eine eiserne Wut und Entschlossenheit im Gesicht, die vor nichts Halt zu machen gewillt ist.

Dunkelheit, der Film ist zu Ende. Wie Geister huschen Silhouetten der letzten Bilder über ihre Netzhaut. Die Lichter gehen an.

»Und, hab ich dir zu viel versprochen?«, fragt Alev und beobachtet sie aus den Augenwinkeln.

Ania findet keine Worte, nicht nach diesen Bildern.

Alev sieh es ihr an. »Ruth muss gleich hier sein«, sagt sie ausweichend.

Eine Nachricht leuchtet auf Alevs Handgelenk.

»Sie erwartet uns im Sicherheitsraum.«

Anias Puls beschleunigt sich. Der Sicherheitsraum. Das Hightech-Herz dieses Gebäudes, nein, der ganzen Stadt. Das, was in früheren Zeiten die Kronjuwelen waren, liegt jetzt in diesem Raum.

»Ich dachte, der ist erst nächste Woche dran.« Anias Stimme ist heiser. Alev grinst. Sie greift sich ihre Tasche und deutet Ania, ihr zu folgen. Mit ihrem ganzen Gewicht stemmt sie sich gegen die schwere, metallbeschlagene Tür, um sie zu öffnen. Ein Luftzug trägt die Hitze des Tages in ihre Gesichter. Alev lehnt sich gegen die Beschläge und hält die Tür für Ania auf. Doch anstatt das Gebäude durch die Marmorhalle zu verlassen, gehen sie ein paar Schritte nach rechts, zu einer anderen meterhohen Tür, dunkel und voller Geschichten. Davor wachen zwei Sicherheitsbeamtinnen, in funktionaler, eng anliegender Kleidung, die nur Mund, Nase und Augen freilässt. Kleine, hocheffiziente Schusswaffen hängen an den Hüftgurten. Die Körperhaltung: freundlich, nicht bedrohlich, doch jederzeit bereit zum Sprung. So hat es auch Ania in ihrer Grundausbildung gelernt. Wäre sie nicht ins Auswahlverfahren aufgenommen worden, stünde sie vermutlich jetzt auch hier.

»Hallo Ania«, sagt eine der zwei. Es ist Mora aus ihrem Jahrgang. Ania schlägt ihr freundschaftlich auf den Oberarm. Aber Mora zuckt zurück: Die Hierarchie hat sich verändert. Mora steht hier, um Menschen wie Ania zu beschützen.

Alev streckt ihren Finger dem digitalen Auge am Portal entgegen. Die Maserung ihrer Haut ist der Schlüssel, die Türen öffnen sich. Mora nickt Ania ernst zu, als sie eintritt, und Anias Überlegenheit macht den Boden weich, sie geht jeden ihrer Schritte wippend, ohne Eile.

Als sich die Türen hinter ihnen schließen und sich die Augen an die Dunkelheit gewöhnt haben, erkennt Ania den Gang wieder. Es sind die großen Fenster aus Mosaik, die Ruth ihr vor wenigen Tagen gezeigt hat.

Ich war ein anderer Mensch, denkt Ania. Als wäre es ein anderer Körper, der hinter Ruth hergestolpert ist. Tage wie Monate, wie Jahre, so voller Aufregung und neuer Eindrücke und Buckel aus Müdigkeit, ein Phänomen, das man den ersten Kindesjahren nachsagt, in denen die Zeit sich streckt und so viel mehr zu sein scheint als das, was die Ziffern behaupten. Wie muss es sein, mit 70 auf ein Leben zurückzublicken?

Ruth tritt auf den Gang und schließt die Tür, die zu ihrem Arbeitszimmer führt. Sie ist in Gedanken versunken. Alev muss es schon von Weitem erkannt haben, und um sie nicht zu erschrecken, sagt sie:

»Wir sind schon hier!«

Alev flüstert auch dann, wenn sie schreit. Die perfekte Untergebene.

»Oh.«

Ruth dreht den Kopf, nein, den ganzen Körper. Sie ist alt, denkt Ania, ein alter, in sich zusammengesunkener Mensch, die Knochen ineinander verkeilt: Sie lässt sich nur als Ganzes drehen.

»Ich hab einen Anruf bekommen«, sagt Ruth. »Sie brauchen eine Freigabe in der Sektion 9. Wir ziehen deine Einschulung vor.«

Ania fühlt sich nicken, ihr Kopf nickt viel zu schnell. Ein bisschen Steifheit, denkt sie, ein bisschen mehr so sein wie Ruth. Zumindest am Anfang. Das würde nicht schaden.

Ruth setzt ihre Füße fest auf den Boden, zu schnell, immer ist sie einen Schritt vor Ania. Alev hat sich hinten eingereiht. Drei eilige Frauen im Schatten der gläsernen Königsfamilie. Ruth bewegt die Finger ihrer rechten Hand.

»Habt ihr den Film bis zum Schluss gesehen, Ania?«, fragt Ruth, als würde sie mit sich selbst reden. Sie schaut Ania nicht an. Ania versucht, Schritt zu halten. Seit der Fahrt zu den Südfeldern ist Ruth anders, verändert. Ania geht die Gespräche im Kopf nochmal durch, überlegt, was sie falsch gemacht haben könnte. Ruth ist nicht der Mensch, der sich von etwas Widerspruch aus der Fassung bringen lässt. Ania hofft, es hat nichts mit ihr zu tun. 91 Tage sind eine lange Zeit.

»Ja«, sagt Ania.

»Sehr gut. Dann kennst du auch die Schlüsselübergabe.« Sie spricht schnell, aber nicht hastig. Ruth ist es gewohnt, im Gehen zu sprechen.

»Die fünf Schlüssel liegen in der Verantwortung der obersten Führung«, sagt Ruth. »Sie sind der Zugangscode und somit die Letztverantwortung für die fünf Bereiche, auf denen unsere Gemeinschaft fußt: Versorgung, Technologie, Wasser, Fortpflanzung und Sicherheit. Alle Bereiche hängen zusammen. Die Trägerin der fünf Schlüssel ist der Nexus, der diese Verbindung garantiert.«

»Das heißt, du bist die fünf Schlüssel.«

»Und bald wirst du es sein.«

Ruth bleibt stehen, der gesamte Rücken mit dem steifen Kopf dreht sich zu Ania und nickt ihr wohlwollend zu. Ein Glück, es liegt nicht an mir, denkt Ania. Sie senkt intuitiv den Kopf. Was ist das mit Ruth, denkt sie. Sie schaut dich an und du wirfst dich auf die Knie. Als hätte sie ihre Gedanken gelesen, sagt Ruth: »Die Bürde ist keine leichte, aber du wirst dich daran gewöhnen. Vor allem die anderen werden sich daran gewöhnen. Irgendwann liest du in ihren Blicken, wer du bist.«

Ruth, der Nexus, grüßt die zwei Sicherheitsmenschen vor der Tür. Sie stellt sich bedächtig mit beiden Füßen auf die Bodenmarkierung. Aufrecht, eine Königin, den Blick starr nach vorne gerichtet. Ein dünner Strahl tastet ihre Iris ab und öffnet die Metallfronten.

Ania zögert, doch Ruth winkt ihr, nachzukommen.

»Beeil dich. Wir haben nicht den ganzen Tag Zeit.«

Der Raum ist menschenleer. Die Perlenknöpfe der Prozessoren in den dutzenden aufgestellten Glassärgen blinken hektisch. Wie das offene Haar einer Badenden fließen die Kabel an den Wänden entlang. Eine Computerstimme sagt: »Guten Morgen, Ruth. Was kann ich für dich tun?«

»Künstliche Intelligenz ist höflicher als die meisten Menschen auf der Straße«, murmelt Ruth.

Lauter sagt sie: »Update der Sektion 9, Bereich Sicherheit.«

Am Display erscheint der Umriss einer Hand. Die Stimme sagt: »Sektion 9 erbittet Freigabe.«

Ruth legt ihre Hand auf den Bildschirm, der Scanner streift darüber. Ein grünes Leuchten erhellt den Umriss.

»Freigegeben.«

Jetzt beginnt Alev zu reden, und Ania merkt, dass sie schon einige Minuten auf diesen Moment gewartet hat. Eigentlich ist es Alev, die Ania einschult.

»Wir haben die Entscheidungen gestaffelt. Entscheidungen im grünen Bereich trifft jede Sektion selbst. Im gelben ist Rücksprache mit der Leiterin des jeweiligen Schlüssels notwendig. Im roten Bereich ist die Freigabe nur über Ruth möglich.«

»Aber du kannst bei allem ein Veto setzen, Ruth.«

Ruth mustert sie. Ein kalter Blick, eine Faust, die in den Falten ihrer Kleidung verschwindet. Es muss doch an mir liegen, denkt Ania.

»Das ist richtig«, sagt Ruth langsam. Das Misstrauen schneidet ihre Stimme in Splitter.

»Hast du es schon einmal getan?«

Ruth nickt.

»Wann?«

»Es war eine Entscheidung beim Wasser. Sie wollten die Tagesrationen an Trinkwasser reduzieren. Sie haben gemeint, sie können die Kühlung der sensiblen Stadtflächen nicht garantieren.«

»Warum hast du es getan?«

Ruth schweigt, und das Schweigen bohrt sich wie kleine Messer in die Luft. Ania hört, dass Alev den Atem anhält.

»Warum?«, fragt Ania noch einmal. Sie steht in diesem Raum, und in weniger als 100 Tagen wird sie selbst der Nexus sein. Sie hat ein Recht darauf, Dinge zu wissen.

Ruth schiebt ihren Kiefer hin und her. Sie vertraut mir nicht, denkt Ania.

»Wenn es heiß ist, ist es heiß«, sagt Ruth schließlich. »Wer weiß schon, womit die Natur uns wieder quält? Aber wenn Menschen Durst leiden, weil ihre Tagesrationen gekürzt wurden, dann wissen sie, es hat mit dir zu tun.«

»Es war also eine strategische Entscheidung zu deinen Gunsten?«

»Zugunsten des Rats. Stabilität ist das oberste Ziel. Das erreichst du nur durch Vertrauen. Und Vertrauen muss manchmal teuer erkauft werden.«

»Jedes Zehntel Grad hat Auswirkungen. Wie hoch war die Todesrate?«

Ruth dreht ihr den steifen Rücken zu. Sie wird nicht darauf antworten. Sie sagt: »Die Führung von Menschen erfordert Entschlossenheit. Und den Willen, Dinge hinter sich zu lassen, die vergangen sind. Sonst wirst du niemals den Mut aufbringen, eine Entscheidung zu treffen.«

Ania sieht die Linien auf der Tunika dieser alten Frau, die von den Schultern über die Schulterblätter zu den Hüften führen, zerknitterte Klüfte im Stoff, Zeuginnen der langen Tage auf dem wichtigsten Stuhl des Landes, wie eine poröse Wand, und sie spürt die Lust, sich daran festzukrallen und hochzuklettern, bis sie oben steht.

Alev hat wieder Luft geholt, und sie sagt: »Sinele hat vorhin angerufen. Sie muss dringend mit dir reden.«

Ruth schnalzt mit der Zunge.

»Sinele hat schon genug geredet, mit genug Menschen. Es hat mich den ganzen gestrigen Abend gekostet, das wieder hinzukriegen.«

Alevs Augenbrauen: so hoch wie die Räume hier. Ruth sagt: »Also gut, also gut. Ich werde mich bei ihr melden. Dann, wenn ich so weit bin.«

Ihre eigene Antwort scheint Ruth daran zu erinnern, wer sie ist. Ania sieht sie wachsen, sie hebt die Arme, füllt den ganzen Raum aus. Sie sagt: »Wo waren wir? Bei den fünf Schlüsseln!«

Sie schleudert Worthülsen in den Raum, glorifizierende Beschreibungen des Regierungsapparats, den sie konstruiert und geformt haben. Sie legt ihre Hände auf die gläsernen Fronten der Rechner, während sie vom Wert der Gemeinschaft und den Aufgaben des jeweiligen Bereichs erzählt. Ania hat Mühe, ihr zu folgen.

»Versorgung«, sagt Ruth, »bedeutet so viel mehr als Essen und Trinken. Ein gut versorgter Mensch darf lernen, darf wachsen, darf über seinen Körper selbst bestimmen.«

In der Mitte der zentralen Wand leuchtet eine LED-Zeile mit Ziffern, die Anzahl der lebenden Menschen dieser Welt: 283469. Ruth sieht Anias Blick, sie deutet nach oben und sagt lächelnd: »Heute erwarten wir eine Geburt.« Und Ruth tätschelt eine der anderen glänzenden Oberflächen.

»Diese Schönheit hier ist mehr oder weniger die Gebärmutter unserer Nation. Der Steuerungscomputer sämtlicher Maschinen der Fortpflanzungsklinik. Ich hatte dort eigentlich einen Besuch mit dir geplant, aber wie man hört, bist du in der Klinik ja bereits gern gesehener Gast. Ich hoffe, es geht Carmen gut.«

Sie wissen alles über mich, denkt Ania. Orangenschalen am Boden. Und eine Marmortatze, die dir droht.

»Wie lange reichen unsere Spermienvorräte noch?«, fragt Ania.

Ruth schüttelt abschätzig den Kopf.

»Unsere Lager sind übervoll. Samenbanken haben jahrzehntelang lukrative Schätze angesammelt. Darum müssen wir uns wirklich nicht kümmern.«

»Und worum müssen wir uns kümmern?«

»Um die Menschen, die hier sind. Wir müssen ihnen den Wert des Lebens vermitteln. Was es heißt, füreinander Verantwortung zu tragen. Dass es an uns liegt, ob wir auf diesem Planeten weiter existieren können oder nicht.«

»Wir haben Gesetze, die das regeln.«

»Ja. Aber Menschen neigen dazu, Dinge zu vergessen. Vor allem dann, wenn es ihnen gut geht.«

Etwas an der Art, wie Ruth diesen letzten Satz sagt, nimmt Ania die Luft. Als wäre es ihre eigene Schuld, in den Frieden hineingeboren worden zu sein, ihre Schwäche, keine Verletzungen in der Seele zu tragen. So naiv glücklich zu sein. Sie, Ania, wird nie so sein wie Ruth. Warum versucht die alte Frau, ihr dieses zerknitterte Hemd überzuziehen?

»Wie wahrscheinlich ist es, dass Carmen und ich ein männliches Kind bekommen?«, sagt sie.

Alevs Augen werden groß. Ruth lacht ihr charakteristisches Lachen, kleine, hechelnde Stöße.

»Du wirst die Anführerin der neuen Welt. Jetzt willst du auch noch die erste mit Sohn sein. Kriegst du denn nie genug?«

Anias Augen verengen sich: »Ruth, wie hoch ist die Wahrscheinlichkeit?«

Ruth seufzt, und ihre Schultern sacken verärgert ab.

»Warum stellst du dich dümmer, als du bist? Die Wahrscheinlichkeit liegt bei null. Null komma null null null, um genau zu sein.«

»Und wie weit sind wir in der Rekonstruktion der Androtoken?«

»Wir arbeiten dran. Die Versuche laufen. Bis jetzt gibt es noch keine relevanten Ergebnisse auf diesem Gebiet. Aber …«

Ruth hebt den ausgebleichten Kopf.

»Wir setzen große Hoffnungen in die Parthenogenese. Wenn es im Tierreich möglich ist, Fortpflanzung nur durch die Teilung der Eizelle zu erreichen, dann wird das auch für den Menschen irgendwann eine Option sein, denken wir.«

Die bunten Punkte der Prozessoren flirren. Ania ist in so vieles noch nicht eingeweiht. Mit jeder neuen Erkenntnis wächst die Tragweite ihrer zukünftigen Entscheidungen. Vor ein paar Stunden noch wollte sie die Watte aus ihrer Welt reißen, wollte die Kanten spüren. Jetzt möchte sie nur nach Hause.

Ruth legt unvermittelt ihre Hand auf Anias Oberarm. Streicht leicht darüber.

»Du wirst das gut machen«, sagt sie. Es klingt ernstgemeint.

Nur das Surren der Prozessoren ist zu hören. Ania schaut Ruth an, will hinter ihre Augen sehen.

»Wie waren sie?«, fragt sie.

»Wer?«, fragt Ruth zurück und nimmt ihre Hand weg.

»Die männlichen Menschen.«

Ruth zögert. Ihr Atem hebt und senkt die verkeilten Knochen.

»Sie waren alle verschieden. Wie Menschen eben sind.«

»Ja, klar. Aber…«

»Aber was?«

»Waren sie anders als wir?«

Ruth lächelt. Dann: Eine Erinnerung, ein Impuls. Die Furchen ihres Gesichts werden hart.

»Ja, das waren sie. Es ist eine Frage der Chemie. Wir nehmen an, dass die Androgene Auswirkungen auf die Synapsenbildung im vorderen Frontallappen haben. Die genetische Disposition machte es für sie schwieriger, ihr Denken kollektiv auszurichten. Sie waren sehr fokussiert auf Ziele und hatten wenig Talent für Empathie. Der Vorteil des Einzelnen stand immer im Vordergrund, selbst dann noch, als sie damit die gesamte Menschheit in den Abgrund zu stoßen drohten. Das war vermutlich auch der Grund, warum die Natur sich schlussendlich gegen sie entschieden hat.«

Ruth lacht spitz auf. Und schämt sich dafür, denkt Ania. Ruths Oberlippe glänzt nass. Sie räuspert sich.

»Aber was weiß ich. Vermutlich verändert es Menschen, wenn sie nicht selbst Kinder bekommen können. Sie mussten sich auf etwas anderes konzentrieren.«

Ania denkt an sich selbst, an ihre Gespräche mit Carmen.

»Ich bin auch keine Trägerin. Was macht das mit mir?«

»Nichts. Du bist eine Frau und du bleibst eine Frau. Du hast die Wahl, eine Trägerin zu sein oder nicht. Und allein diese Möglichkeit ändert alles.«

8

Abends bekommt jeder Tag die Chance, noch ein guter Tag zu werden. Die vergangenen Stunden haben ein Loch in ihren Magen geschlagen, eine Leere, die gefüllt werden will, mit Essen, Tanzen, Liebe, wann, wenn nicht heute, Ania fühlt sich bodenlos und getrieben, muss raus aus der Einsamkeit in Ruths Gegenwart, zurück ins Leben. Sie nimmt Kontakt auf, mit Shuri und mit Rosalia, sie bestellt Essen, sie fragt, nein: *umwirbt*, nein: *bittet* Carmen – »Lass uns feiern!«

»Warum?«, fragt Carmen.

»Darum«, sagt Ania. »Wegen dir. Wegen mir. Wegen uns!«

Und wenig später schon sitzt sie am Tisch. Der Magen ist voll und das Xenoca beginnt gerade zu wirken. Es lockert ihr die Zunge und macht das Atmen leicht. Auch Carmens Augen glänzen. Ihre Schwangerschaft verstärkt die Wirkung. Es ist heiß, trotz geschlossener Fenster. Shuri zieht ihr Shirt aus. Wenn sie lacht, wippen ihre definierten Brustmuskeln auf und ab, kontrolliert, sie ist sehnig und durchtrainiert.

»Danke für die Einladung«, sagt Shuri.

Carmen lächelt sie an und nickt ihr leicht zu. Rosalia, die neben Shuri sitzt und ihre Beine über den Schoß ihrer Partnerin gelegt hat, befeuchtet ihren Zeigefinger und pickt damit ein paar der Salzkörner von ihrem Teller auf. Sie hat ihre langen schwarzen Haare zu einem dicken Zopf verknotet. Er hängt lässig über ihrer Schulter und der Stuhllehne.

Wir vier also, denkt Ania. Wir werden dieses Kind großziehen. Zwei Paare, darauf hat Carmen bestanden. Die nostalgische Variante. Ania versteht, dass Carmen

Halt sucht. Die alten Geschichten von Paaren und Familien faszinieren sie.

»Unser Kind soll wissen, wie viele Möglichkeiten das Leben bietet«, hat sie gesagt. Das war auch der Grund, warum ihre Wahl auf Rosalia und Shuri gefallen ist. Eine Testo-Max, die sich den Bart färbt und breitbeinig am Sessel sitzt, lauter ist als alle anderen. Und Rosalia. Eine Formenwandlerin, die körperlich immer das betont, was sie gerade fühlt. Heute verkörpert sie das blühende Leben. Ihre Arme sind von den Fingerspitzen bis zu den Schlüsselbeinen mit bunten Blüten übersät.

Ania lehnt sich im Sessel zurück und zieht ein Knie an ihren Körper.

»Eine Alte hat heute gemeint, wir bekommen vielleicht einen Jungen«, sagt Ania.

Shuri lacht laut auf. Ihre Abs tanzen im Takt. Die Xenoca-Tabletten liegen auf einer Silberschale in der Tischmitte. Rosalia verengt ihre Augen zu Schlitzen und greift nach einer, schiebt sie sich langsam in den Mund. Ihre Finger bleiben auf den Lippen liegen, sie wird nichts dazu sagen.

»Ja, das ist eine interessante Theorie«, sagt Shuri spöttisch. Carmen ignoriert sie: »Wer war das? Wer hat das gesagt?«

»Duma.«

Carmen senkt den Blick. Sie wischt die Brösel vom Tisch, fein säuberlich kehrt sie sie auf einen Haufen und lässt sie in ihre Handfläche an der Tischkante fallen. Jetzt sitzt sie da mit dem Gehörten und weiß nicht, wohin damit.

»Was meinst du mit *interessant*?«, fragt Ania.

»Die Formulierung. Ein ›Junge‹. Wir sehen ja« – sie lächelt und klopft sich auf die Brust – »dass die hormonelle Ausdifferenzierung verschiedene Arten von Menschen hervorbringt. Ab welchem Zeitpunkt würde denn die Alte jemanden als ›Jungen‹ bezeichnen«, sagt Shuri. »Bin ich schon einer?«

»Diese binäre Weltvorstellung, nur das eine oder das andere«, sagt Rosalia. »Wie traurig.«

Carmen sagt noch immer nichts und starrt auf die Brösel in ihrer Hand.

»Ich denke, sie spricht von den Androtoken«, sagt Ania.

»Kein Mensch vermisst sie«, sagt Shuri.

»Manche offenbar doch«, sagt Rosalia.

»Würde jetzt ein Androtok geboren, wäre er einfach nur eine weitere Art unter vielen«, sagt Shuri. »Eine genetische Variante, so wie jede andere auch.«

»Und er würde nicht überleben«, sagt Carmen. Ihre Augen stehen unter Wasser.

Wie dumm von mir, denkt Ania. Ruth kommt ihr in den Sinn. *Du könntest eine Trägerin sein, das verändert alles.* Empathie ist doch keine Frage von Säuren und Proteinen. Jede hat es selbst in der Hand, wer sie sein will oder kann. Die beste oder schlechteste Version ihrer selbst. Es ist keine leichte Sache, aber nicht unveränderlich. Wer wir sind, ist ein soziales Konstrukt, geformt und gefestigt von den Beziehungen, die wir eingehen. Ob wir die Fäuste verwenden wie Shuri, oder mit dem Handrücken Tränen wegwischen wie Rosalia, ist keine Frage der Chemie. Es ist eine Wahl, die wir jeden Tag aufs Neue treffen, die jeder Mensch treffen kann. Und wenn die Androtoken Menschen waren – und alles in den Geschichten über sie spricht dafür –, dann hatten auch sie die Wahl. Und damit liegt Ruth falsch.

»Alles wird gut«, sagt Ania und nimmt Carmen in den Arm. Auch Rosalia steht auf und breitet ihre Blütenarme aus, legt sie um die beiden Frauen. Shuri streckt den Rücken durch, dass ihre breiten Schultern zur Geltung kommen.

»Das Kind ist gesund«, sagt sie. »Deshalb sitzen wir heute hier. Deshalb feiern wir. Wäre es ein Androtok, dann wäre das den Ärztinnen schon längst aufgefallen.«

Carmen trocknet ihre Tränen. Sie schüttelt die Brösel aus ihrer Hand auf den Fußboden. Rosalia hält sie dabei fest. Sie legt ihren schwarzbezopften Kopf an Carmens Schläfe.

»Danke, dass du das für uns machst«, sagt Rosalia. »Lass es mich wissen, wann immer du Hilfe brauchst.«

Die beiden lächeln sich an. Ania spürt die Erleichterung, diese Aufgabe nicht zu zweit meistern zu müssen. Sie nimmt die leeren Teller und trägt sie in die Küche. Shuri folgt ihr. Die Ringe an ihren Zehen klacken bei jedem ihrer Schritte auf dem Steinboden.

»Was ist mit Duma?«, fragt Shuri.

»Ich weiß es nicht. Die Nerven bei den Alten liegen blank. Duma ist wie ein…« Ania sucht nach Worten. »… wie ein Sack, in den zu viel reingefüllt wurde.«

Shuri runzelt die Stirn.

»Sie … sie wirkt, als könnte sie jeden Augenblick platzen. Und das macht die anderen nervös.«

Ania greift nach der Schachtel Bentodon. Der Körperhammer, mit Aloe-Vera-Geschmack. Carmen liebt sie, aber für Schwangere sind sie zu stark. Ania drückt sich eine raus und hält Shuri die Packung hin. Beide genießen den Moment, spüren die luftigen Wellen, die sich um die Backenknochen ausbreiten.

»Und was platzt da aus ihr heraus?«

»Sie hat gesagt, ich sei schlau. Ich würde es verstehen.«

»Was?«

»Das ist es ja, ich weiß es nicht. Und das macht mir Angst.«

Shuri lacht. Lacht sie sie aus? Nein, sie boxt ihr gegen die Schulter und sagt: »Dass ich den Tag noch erleben darf, an dem sich Ania vor etwas fürchtet. Aber sie hat recht, die Alte. Du bist schlau.«

Ania nimmt ein Glas und füllt sich Wasser ein. Sie hält es in der Hand, lässt die Flüssigkeit kreisen. Tropfen bilden sich, perlen ab. Der Tag perlt von Ania ab.

»Die mussten alle viel vergessen. Vielleicht rächt sich das irgendwann«, sagt sie.

Sie hört Carmen lachen. Hell und kratzig. Die Bässe dröhnen jetzt lauter, und Rosalia lehnt den bunten Körper ausgelassen an den Türrahmen.

»Kommt tanzen!«

Ania kippt den letzten Schluck Wasser in ihren Mund. Mit einem Klicken sinkt die Markierung des H_2O-Rationierers eine Schwelle nach unten. Sie spürt das Bentodon bis in ihre Zehenspitzen fließen. Ja. Tanzen.

9

Man sagt, dass die Schatten gegen Abend am längsten werden, doch die längsten Schatten sind die der Nacht. Wenn du die Augen öffnest, an die Decke starrst, auf die Lüftungsschlitze, die silbern ihre Schneisen in den Beton ziehen, das leichte Brummen der Klimaanlage im Ohr, das Schnurren des Hauses, das seine Bewohnerinnen kühl zur Ruhe kommen lässt. Kein Schatten ist so lang wie der jener Gegenstände, die es wagen, sich dem Mond in den Weg zu stellen. Ania tastet nach Carmens Arm, sie möchte darüber streichen, aber sie möchte sie auch nicht wecken. Deshalb bleibt sie einen Zentimeter über der Oberfläche, streicht wie ein Geist Carmens Silhouette entlang. Carmen dreht sich weg, dreht ihr den Rücken zu.

Es gibt wenige Nächte wie diese, Ania ist eine gute Schläferin, doch nicht heute. Sie spürt die Chemie in ihren Adern tanzen, trotz der Müdigkeit. Die Haut auf ihren Fersen kribbelt, Ania spürt Spannung in ihren Waden. Weg, sie will weg. Wieder einmal. Wie alt war sie? Sie muss acht gewesen sein, vielleicht neun. In ihrem Kopf kreisten die Fragen, die niemand beantworten konnte oder wollte. Warum seid genau ihr ausgewählt worden, um mich großziehen? Warum liegen drei Straßen weiter Steine, die niemand wegräumt? Warum darf ich nicht über den Rand? Fragen über Fragen, die Ania quälten, sie nicht schlafen ließen. Geheimnisse, die sie nicht wissen durfte. Mit jeder Frage, die unbeantwortet blieb, wuchs Anias Ablehnung. Sie wurde nicht eingeweiht, das hieß, sie gehörte nicht dazu – aber wozu? Hätte sie es benennen können, wäre es greifbarer gewesen. Dann hätte sie darum kämpfen können. Doch sie war niemand, und außerdem war sie niemandem etwas schuldig. In einer solchen Nacht schlich sie sich fort von zuhause. Sie lief durch die leeren Straßen im gerasterten Dunkel zwischen den Häusern. Sie weiß noch: Das metallene Gerüst, wie ein Riese mit hängenden Schultern, gebaut um ein Leck in der Kuppel. Die glänzenden Geräte der Arbeiterinnen, wartend im Mondschein. Morgen würden sie die Haut ihrer Welt wieder zusammennähen. Kurz blieb Ania stehen, sie sah durch den Riss die Sterne leuchten und dachte: Heute. Es muss heute Nacht sein. Morgen ist es zu spät.

Sie lief bis zum Zaun, der ihre Abmachung war, ihr Warnsignal: bis hierher und nicht weiter, die Grenze ihres Bewegungsspielraums. Sie kletterte darüber, er war kein großes Hindernis, musste er auch nicht sein, denn sie und die anderen Mädchen hätten normalerweise nie gewagt, die Regeln zu missachten, weil das Ungesagte, was immer es sein mochte, sie alle schwer und drohend umgab. Doch in dieser Nacht hörte Ania auf keine der äußeren und inneren Stimmen. Sie kletterte über die morschen Bretter und lief, hob den Kopf, um den Kuppeln im Mondlicht zu folgen, sie wusste, der Rand der Kuppeln markierte den Rand ihrer Welt. Nachts konnte ihr die Sonne nichts anhaben. Nachts war sie frei. Sie lief mit dem Blick nach oben, die Aufregung pochte zwischen den Rippen. Und als sie den Rand erreicht hatte, schaute sie dem Ungeheuren ins Auge, schaute direkt hinein, und dort war: nichts.

Das, wovor sie sich ihr Leben lang gefürchtet hatte, war einfach nichts. Eine weite, steinige Ebene, ohne ein Zeichen menschlichen Lebens.

Ihre Augen fegten über die Fläche, und die Wut boxte das Blut durch ihren Körper. Sie stampfte mit dem Fuß auf – ein dumpfer, toter Schlag ohne Nachhall. Nur ein paar Käfer nahmen raschelnd Reißaus. Dann trat sie hinaus auf den sandigen Boden mit seinen Rissen und Furchen. Sie stand im Mondlicht und warf einen Schatten, gestreckt wie eine Stoffbahn, so lang, dass er das Dunkel der Stadt berührte. Täte sie jetzt nur einen Schritt, dann würde sich ihr Abbild von dem der Stadt lösen.

Und Ania tat es. Sie machte einen Schritt nach dem anderen, die Hände zu Fäusten geballt und die Fersen in das unbetretene Land hackend. Nichts verband sie mehr mit den Schluchten und der Kühle und den Düften des menschlichen Knäuels hinter ihr. Sie trat ins Nichts. Die Nacht war kalt. Die Härchen auf ihren Armen stellten sich auf. Ein Windstoß trieb ihr die Tränen in die Augen, und die graue Fläche vor ihr verschwamm zu Schlieren und Flecken. Und da erst verstand sie, wovor sie sich hüten sollte: Davor, verloren zu gehen. Ein Nichts zu werden, anstatt ein Mensch zu sein. Sie verstand, dass die Antworten nicht hier draußen lagen, sondern im Dickicht hinter ihr. Dass sie alles daran setzen würde, die Antworten zu finden. Und dass sie immer dazugehören würde, in welcher Art und Weise auch immer.

Carmen seufzt im Schlaf. Vorsichtig dreht sich Ania zur Seite, versucht, das Gewicht gut zu verteilen, damit das Bett nicht knarrt, und steht auf. Kribbelnde Fersen auf kalten Steinen. Am liebsten würde sie einfach hier stehenbleiben, die Ruhe genießen und im Stehen einschlafen. Dafür sind wir Menschen nicht gemacht, wobei diese Frage noch nicht ganz geklärt ist: wofür wir gemacht sind. Vor 200 Jahren war es unvorstellbar, dass Menschen nur noch unter Kuppeln hocken, ihr Wasser aus unterirdischen, gut bewachten Reservoirs beziehen und die Fortpflanzung unserer Spezies von einem Fragebogen in einer Klinik abhängt. Unsere Anpassungsfähigkeit hat uns hierher gebracht – *und wird uns noch sehr viel weiterbringen*, würde Ruth jetzt sagen. Es ist drei Uhr nachts, und ich beginne, mich in sie zu verwandeln, denkt Ania. Sie setzt vorsichtig ihre Ferse auf, um ihren lautlosen Gang zu beginnen. Die schwitzenden Füße schmatzen bei jedem Schritt. Auf der Couch liegt Rosalias Tuch, zusammengerollt wie eine schlafende Katze. Sie hat es hier vergessen, egal, sie werden sich schon in ein paar Tagen wiedersehen. Ania lässt sich auf die Polsterung fallen und zieht die Beine an den Körper. Sie drückt Rosalias Schal glatt, streicht über das ausufernde Blumenmuster.

Du wirst die Anführerin der neuen Welt. Jetzt willst du auch noch die erste mit Sohn sein. Kriegst du denn nie genug?

Ruth wetzt die Messer. Die alte Königin kämpft um ihre Krone, sie will nicht gehen. Warum mit dieser Härte?

Du bist schlau, Ania.

Niemand kritisiert Ruth, nicht einmal Duma. Sie verstecken sich hinter Steinblöcken, um vorsichtig an Ruths Lack zu kratzen. Ruth hat sie alle in der Hand. Ania denkt: Ich bin ungerecht. Ruth, die Führungspersönlichkeit, macht ihre Arbeit, und sie macht sie gut. Warum sich auflehnen? Ania kennt keine, die so ist wie Ruth. Ania kennt keine. Weil es nie eine andere gab. Wie wäre Pola an der Spitze, wie wäre Duma? Ania zieht die Knie enger an ihren Körper. Schon im Gedanken liegt der Verrat. Ruth könnte ihn jetzt in ihrem Gesicht lesen.

Sinele hat schon genug geredet.

Sinele. Das wütende Beben auf der Gemüseplantage. Sinele ist die Einzige, die sich Ruth in den Weg gestellt hat. Ania breitet den Schal über ihre mondgrauen Knie. Die lila und orangen Blütenblätter tanzen vor ihren Augen, grüne Stängel verbinden die Ellipsen. Sinele. Fäuste, die sich um die befallenen Wurzeln krallen. Sinele kennt Antworten. Das Kribbeln auf Anias Fersen beginnt erneut und sie weiß, dieses Mal ist es die Untreue, die ihr die Sohlen kitzelt. Ania wirft den Schal zur Seite, energisch steht sie auf. Sie zieht den Stuhl unter der Arbeitsfläche hervor, öffnet das Display des Kommunikationssystems. Carmens und Anias Benutzerinnenprofile leuchten auf. Ania zögert, die Regeln der Machtübernahme schießen ihr durch den Kopf, sitzen ihr im Nacken. Sie hebt den Arm und aktiviert Carmens Profil. Carmen wird es verstehen.

Ania muss nicht lange suchen, Sinele ist eine Person des öffentlichen Lebens, in jeder ihrer Publikationen über die Methode der systemischen Balance im Agrarbereich ist ihr Kontakt zu finden. Ania wählt ihre Worte vorsichtig, sie gibt sich zu erkennen, ohne Namen zu nennen, und es braucht nicht viele Worte, eigentlich nur drei. Jetzt sind es die Finger, die brennen: Das Wissen darum, verbotenen Boden zu betreten, sich loszulösen und von nun an alleine zu sein.

Die Nachricht ist versandt, die Systeme sind geschlossen. Ania nimmt noch einen Schluck Wasser. Sie atmet tief ein, versucht, jede einzelne Zehe auf den kühlen Steinflächen zu spüren. Die Verbindung zu halten. Sich nicht aufzulösen. In ihr ringen die Schwere der Entscheidung und die Leichtigkeit der Aufregung miteinander, die systemische Balance eines Menschen, der eigene Wege geht. Sie legt sich zurück ins Bett, neben Carmen, die noch immer schläft und träumt, vielleicht von der Zukunft, die in ihr wächst. Ania schließt die Augen. Drei Worte. Nicht mehr.

Was weißt du?

10

»Wir gehen zum nächsten Punkt«, sagt Ruth.

Alevs Finger wischt betriebsam.

»Information zur Lebensmittellage«, sagt sie.

Die alten Frauen rutschen auf ihren Sesseln herum. Der Tag ist schon lang, sie sitzen im Oval des Plenums im Regierungsgebäude. Der Tisch vor ihnen: Ein Band, ohne Unterbrechungen. Keine Gräben zwischen den Anwesenden, keine Trennung.

An der Wand prangt eine große Sonne aus Metall, mit spitzen Strahlen aus Kupfer und Eisen und großen glänzenden Buchstaben, im Halbkreis angeordnet: VITA MELIOR - OMNIBUS SUB SOLE. *Ein besseres Leben - allen Menschen unter der Sonne.* Die üppigen Weisheiten früherer Tage sind zur Drohung geworden: Passt auf, sonst werdet ihr verbrennen; die metallenen Strahlen wie Damoklesschwerter über ihren Köpfen.

Ania sitzt etwas abseits, beobachtend, doch ihre beiden Unterarme liegen fest am Tisch. Sie ist präsent. Jede soll es sehen.

»Gibt es Änderungen?«, fragt Sirouk. Sie gähnt dabei und streicht mit ihren Fingern über die Längsfalten in ihrer Wange. Duma sitzt neben ihr. Ihre Arme liegen verschränkt auf ihrem ausladenden Bauch. Ist sie eingeschlafen?

»Nein, keine Änderungen«, sagt Ruth. »Die Südfelder bestätigen gleichbleibenden Ertrag.«

Pola nickt zufrieden und klopft mit ihren Fingerknöcheln auf den Tisch.

»Wir konnten die Ernte heuer sogar steigern«, sagt Ruth.

Und Ania denkt: Dieses hässliche, selbstgefällige Grinsen.

»Gut gemacht«, sagt Pola laut. Ihre Stimme hallt im Raum nach. Weiß auch sie Bescheid?

Ruth lügt. Und Ruth weiß, dass Ania weiß, dass sie lügt. Oder zumindest dem Rat etwas verschweigt. Sie würdigt Ania keines Blickes. Ania spreizt ihre Finger, mit der gesamten Handfläche drückt sie auf den Tisch unter ihr. Beherrschung, denkt sie. Bevor du nicht mit Sinele gesprochen hast, ist jede Konfrontation ein Fehler.

Und Alev? Alev muss etwas ahnen, ihre Finger wischen zuckend, suchen nach neuen Punkten auf der Tagesordnung, die sie wegführen vom unsicheren Boden der Erntefrage.

Ania holt Luft.

»Haben wir ...«, beginnt sie, und sie spricht langsam, so wie Ruth es tut, wenn sie eine ihrer Weisheiten von sich gibt, »... denn wirklich ...« Jetzt hat sie Ruths Aufmerksamkeit. Ein kalter blauer Blick ohne Angst.

»Haben wir denn wirklich die Aufgabe, die Bevölkerung über jeden unserer Schritte zu informieren?«

»Nein«, sagt Ruth. »Nur wenn wir möchten.«

»Vor allem mit positiven Nachrichten sollte aber nicht gegeizt werden«, wirft Pola schnippisch ein.

Duma hustet, sie ist wieder aufgewacht. Oder sie hat nie geschlafen. Ihre Stimme ist fest: »Du bist schlau, Ania«, sagt sie, und Ania versteht ganz genau. Das ist kein Kompliment, sondern die Wiederholung eines Auftrags.

»Schlaues Kind.«

Ania ist niemandes Marionette. Sie lehnt sich zurück, zieht ihre Ellbogen schützend vor die Brust. Die Luft ist dick. Partikel schweben in den Lichtstreifen, die die Luken unterhalb des Daches hereinlassen.

Alev liest die weiteren Tagesordnungspunkte vor. Es geht um Abstimmungen und Korrespondenzen, die Fadesse einer funktionierenden Gesellschaft. Pola erläutert die Umstellung der Entlastungsrinnen nach den letzten schweren Überschwemmungen. Sirouk hält fest, dass die Zahl der Hitzetoten um zwei Prozent reduziert werden konnte. Farina plagen ängstliche Zuckungen, als sie anhebt, ihr Anliegen einzubringen: Sie möchte den Vorplatz des Regierungsgebäudes anders gestaltet wissen.

Ein Jucken an Anias Handgelenk signalisiert eine Nachricht: Carmen. »Für dich?« steht da, mit einem Herz. Es ist Sineles Antwort:

Ruth bricht die Regeln, nicht zum ersten Mal. CCP450-X. Triff mich morgen am Rand der Schatten, 18:30, X45Y165 Südwest

Schnell legt Ania ihre Hand über den Kommunikator. Wenn sie überwacht wird, dann wissen sie es jetzt. Ihr Puls beschleunigt sich. Farina faselt noch immer etwas von Brunnen und Palmen, da grätscht ihr Ania ins Wort:

»Warum verstärken wir nicht die Forschungsarbeiten zur Rekreation der Androtoken?«

Die Stille nach diesen Worten fällt wie ein Vorhang. Blicke und Partikel glänzen, der Moment schwebt zwischen den Rängen. Nur Ruth bündelt die Energie.

»Das haben wir doch gestern besprochen«, schleudert sie ihr entgegen.

»Nein«, sagt Ania ruhig. »Du hast mir gesagt, dass die Forschungen laufen. Aber ich beobachte euch jetzt schon einige Wochen. Und …« Ania neigt den Kopf, sie beugt sich über ihren Tisch, kriecht fast unter die schneidenden Blicke, konziliant: »Dieser Gesellschaft geht es sehr gut. Wir hätten die Möglichkeit, unseren Fokus zu verschieben. Neue Wege zu gehen.«

Die alten Frauen sehen sie an. In jedem Gesicht liest Ania eine andere Geschichte. Die lauteste erzählt Ruths Stirn. Es ist das erste Mal, dass sie sich öffentlich und eindeutig gegen sie stellt.

Duma lächelt, das entgeht auch Ruth nicht. Wie kleine unsichtbare Bälle fliegen die Blicke jetzt durch die Luft, von Ruth zu Duma zu Pola und zurück. Ein Dreieck des Wissens, von dem Ania ausgeschlossen ist.

Ania will in die Mitte der Macht, und sie sagt: »Ja, unsere Spermavorräte reichen noch. Aber für wie lange? Ihr werdet längst nicht mehr hier sein. Auch ich nicht. Es liegt an uns, jetzt die Weichen zu stellen. Es muss doch möglich sein, Embryonen mit XY-Chromosomen zu züchten. Bei den Tieren geht's. Warum funktioniert es beim Menschen nicht?«

»Es funktioniert ja«, sagt Sirouk emotionslos.

Die Wucht dieser Worte nimmt Ania kurz den Atem, als hätte sie einen Schlag auf die Brust bekommen. Sirouk hebt entschuldigend die Schultern, und wieder fliegen die kleinen Bälle durch die Luft. Von Pola zu Ruth zu Sirouk zu Ruth. Von Farina zu Sirouk zu Pola. Nur Duma lässt ihre Daumen kreisen, als würde sie die Schnur auffädeln, die sie Ania zugeworfen hat, ihre kleinen Schweinsaugen folgen dem Gezappel, und sie lächelt still in sich hinein.

Ruth lehnt sich zurück. Sie lässt den Kopf in den Nacken fallen und atmet schwer aus. Pola beobachtet sie.

»Wir sollten es ihr sagen«, meint Pola.

»Was?« Ania spürt die Hitze durch ihren Körper kriechen, wendige, kleine Salamander in ihren Blutbahnen, wieder drückt sie ihre Handflächen auf die Platte, doch ihr Kopf reißt diesmal aus und fährt hin und her wie die Blicke der Alten.

»Sie hätte es sowieso irgendwann erfahren«, sagt Farina.

Alev, den Kopf zwischen den gerafften Schultern ihrer Tunika, wischt und wischt.

»Geplant in der Woche 10«, sagt sie.

Ania streckt die Hände aus. »Was? Was wollt ihr mir sagen?«

Ruth nimmt Ania ins Visier, ihre gesamte Aufmerksamkeit liegt wie ein Scheinwerferstrahl auf Anias Körper.

»Wie lautet das Grundgesetz Paragraf 27/9?«

Anias Gedanken knallen an die Schädelwände, sie hält sich am Tisch fest, ringt nach Worten. Sie kennt die Grundgesetze, alle. Aber warum diese Frage?

»Jeder Mensch hat das Recht auf körperliche Unversehrtheit. Dieses Recht ist mit allen Mitteln zu schützen«, sagt sie.

Ruth nickt zufrieden. Ania zieht die Schultern hoch, breitet die Arme aus, verständnislos, wütend. Da räuspert sich Pola. Sie will diese Spannung nicht, sie schüttelt ihren Kopf und sagt:

»Ania, meine Liebe, es ist alles in Ordnung. Was Ruth eigentlich sagen wollte, ist…« – und sie zieht ihre hellen Augenbrauen hoch, während sie Ruth mit Blicken straft – »… wir beschützen Trägerinnen wie etwa deine Partnerin Carmen vor möglichen Schäden. Du weißt, die Seuche im Jahr '34 hat Menschen mit Y-Chromosom getroffen. Leider nicht nur geborene Menschen, sondern auch ungeborene. Föten. Frauen, die Androtoken im Bauch trugen, sind auf grauenvolle Weise umgekommen.«

Ruth unterbricht sie:

»Daraus resultierend der Beschluss 159. Die Selektion. Um den Schutz der Trägerinnen zu gewährleisten, wird das Geschlecht des Embryos in sehr frühem Stadium analysiert, noch bevor es zur Einpflanzung kommt. Sollte es sich um einen als biologisch männlich klassifizierten Typ handeln, wird er aussortiert.«

Ania denkt an Dumas Arme, die vor ihrem Gesicht wedeln. An Orangenschalen, die in der Sonne verdorren. Ihre Handflächen schwitzen.

»Es könnten jederzeit Androtoken geboren werden, und wir versuchen es nicht einmal?«, fragt Ania.

»Ein Versuch würde heißen, ein Menschenleben aufs Spiel zu setzen«, sagt Pola sanft.

»Frauenkörper sind keine Versuchslabore. Das hatten wir lange genug, damit ist Schluss«, sagt Ruth. »Und ich muss dich nicht daran erinnern, Ania, dass alles, was in diesem Raum besprochen wird, vertraulich zu behandeln ist. Entweder agieren wir in Einigkeit, oder wir sind handlungsunfähig.«

Ruth spricht zwar ihren Namen aus, *Ania*, doch sie schaut sie nicht an. Der stechende Metallstrahl ihres Blicks trifft Duma: »Diese Gruppe ist genau so stark wie ihr schwächstes Glied. Und Stärke ist die einzige Möglichkeit zu führen. Dir muss klar sein, Ania, dass ein Bruch dieser Abmachung schwerwiegende Konsequenzen nach sich zieht: Ausschluss aus dem Rat, Konfiszierung sämtlicher Kommunikationskanäle, soziale Isolation.«

Ania kennt Ruths Worte. Sie hat den Schwur selbst abgelegt, bevor sie zum ersten Mal diesen Raum betreten hat. Die Ansprache ist nicht für sie gedacht.

Dumas Daumen sinken zur Seite. Ruth spricht davon, dass du Rückgrat brauchst, um die Verantwortung für die Gesellschaft auf deinen Schultern zu tragen, und die Worte dringen in Dumas Körper ein und zersetzen ihre Knochen, sie wird zu Brei, der Kopf sinkt in die dicken Falten ihres Halses und der Rücken kippt ihr weg.

Sirouk sagt, mitten in die Folter hinein: »Mutter Natur hat sie aussortiert. Warum um Himmels willen sollten ausgerechnet wir sie zurückholen?«

Pola grinst.

In Anias Kopf überschlagen sich die Bilder, versperren ihr die Sprache. Kopulierende Katzen hinterm Haus, im Dreck und im Schatten. Die weißen Gummihandschuhe der Ärztin, die Carmens Beine auseinanderdrücken. Die Listen der misslungenen Versuche. Blumenkränze am Tag der Trauer. Weinende alte Menschen. Ruths Finger, die sich um ihr Wasserglas krallen. Weiße Knöchel. Streunende Katzen.

»Ihr habt uns belogen«, sagt Ania. Sie sagt es laut, fest, aber ohne Blick, obwohl ihre Augen weit offen sind. »Ihr habt gesagt, sie sind weg.«

Ruth betrachtet ihre Nägel: »Wer ist *uns*?«, sagt sie beiläufig.

»Sie *sind* weg«, sagt Pola sanft. »Der Verlust ist real.«

»Das ist nur die halbe Wahrheit«, sagt Ania.

»Es ist die Wahrheit, die sie brauchen«, sagt Ruth. »Leere Versprechungen haben noch nie jemandem geholfen.«

»Ihr habt mich verarscht!«, schreit Ania.

Farina reißt die Augen auf. Sirouk murmelt unverständliches Zeug mit scharfen Konsonanten. Ein Stuhl quietscht: Duma, die ihn nach hinten schiebt, um aufzustehen. Mit hochrotem Kopf will sie weggehen, aber Ruth schreit sie an, sich wieder zu setzen. »Wir diskutieren das jetzt«, sagt Ruth.

Aber Ania will nicht diskutieren. Scharf sagt sie: »Ich mach's. Ich gebe hiermit meinen Körper zu Versuchszwecken frei. Es ist mein Körper, ich kann damit machen, was ich möchte. Das waren deine Worte, Ruth, oder?«

»Du bist ja verrückt!«, schreit Farina.

Sirouk haut mit der Faust auf den Tisch, in ihr eigenes Gemurmel.

Ruth zieht die Augenbrauen hoch und schaut Pola an. Der Zweifel, den Ania gespürt hat: Da ist er, in seiner vollen Größe. Ich hab es immer gewusst, sagt Ruths Blick. Pola schüttelt den Kopf. Und übernimmt das Ruder.

»Niemand macht hier heute irgendetwas«, sagt sie. »Ania, mein Kind, ich verstehe, dass das alles sehr aufregend für dich sein muss.«

»Ich bin nicht dein Kind«, sagt Ania. Pola ignoriert sie.

»Wir haben hier eine Gesellschaft zu führen. Und das bedeutet, Prioritäten zu setzen. Die Androtoken haben zu warten. Aus.« Pola lächelt Ania an, nein, sie zeigt ihr die Zähne.

»Ist es nicht ein schönes Gefühl, Teil einer loyalen Gemeinschaft zu sein?«

11

Es war der Vorabend ihres 37. Geburtstags. Ruth hatte die Wohnung aufgeräumt. Das Kind saß vorm Fernseher und kicherte, einen Fuß über das Knie geschlagen, in sich verrenkt, mit der Beweglichkeit eines wachsenden Körpers.

Ruth zog den Behälter für das Altpapier aus dem Regal, in dem sich alte Zeitungen, Notizzettel und zusammengefaltete Müslipackungen türmten. Sie packte den Behälter auf ihre Hüfte, schnappte sich den Haustürschlüssel und schlüpfte in die Sandalen, die wie immer lose verstreut irgendwo bei der Garderobe lagen, in einem Haufen anderer Schuhe. Mit ihrem Rücken drückte sie die Tür auf. Die warme Abendluft umarmte sie. Die Mülltrennanlage ihrer Hausgemeinschaft war zentral positioniert, keine zehn Schritte entfernt. Jeder konnte die Welt retten, wenn er nur wollte. Mit ihrem linken Fuß betätigte sie den Klapphebel, und der Altpapiercontainer öffnete sein Plastikmaul.

Ruth stemmte den Behälter nach oben, und als sie den Inhalt in den Container leeren wollte, fuhr ein Windstoß ins Papier und blies ein paar der Zettel fort. Sie machte einen Schritt zur Seite, und mit einem Knall klappte der Containerdeckel zu. Den jetzt leichten Behälter in der Hand, jagte sie den am Boden tanzenden Blättern nach, zwei, drei, vier, bis sie alle wieder eingesammelt hatte. Es waren Rechnungen und loses Papier, ein Kuvert, von dem sie heute Morgen noch mühsam das Plastiksichtfenster abgelöst hatte. Und noch ein Zettel, ein kleiner, lilafarbener. Die Kinder in der Schule hatten die Aufgabe bekommen, Zaubersprüche zu erfinden. In der krakeligen Schrift einer Siebenjährigen stand da:

Nim si dim klim,
du wirst ein Gift, nim nim!

In diesem Moment fiel die erste Bombe.

Ruth war zu beschäftigt damit gewesen, den Blättern im Wind hinterher zu hechten, sie hatte die lautlosen Drohnen am Himmel nicht kommen sehen, und die Wucht der Detonation schleuderte sie zu Boden. Ihre Ohren taub vom Lärm, tastete sie nach Halt, richtete sich auf. Sie rannte zurück ins Haus. Der Schlüssel. Ihre Hand zitterte, eine zweite Detonation, weiter entfernt. Schreiende Menschen stolperten über die Straße. Endlich fand der Schlüssel seinen Weg. Ruth stieß die Tür auf und rannte zu ihrem Kind, das nichts bemerkt hatte und noch immer in sich verknotet mit leuchtenden Augen vor dem Fernseher saß. Der Knall war problemlos in die Geschichte am Monitor eingebaut worden. Ruth griff dem Mädchen unter die Achseln, riss sie hoch, drückte sie an sich. Sie wischte dem erstaunten Kind übers Gesicht und sagte: »Ist alles in Ordnung bei dir?«

Die Kleine hatte keine Ahnung, wovon sie sprach.

»Wir müssen gehen!« rief Ruth, »wir müssen weg von hier.«

Das Kind verzog das Gesicht. Was hatte die verrückte Mutter jetzt wieder?

»Darf ich noch fertigschauen? Nur diese Folge!«

Ruth starrte sie fassungslos an. Die Panik schäumte ihr im Hals wie übergehende Milch. Reiß dich zusammen, dachte Ruth. Sie atmete tief ein, sagte: »Du darfst noch weiterschauen, bis ich fertig gepackt habe.«

Das Mädchen grinste. Es drückte seine kleinen Finger zu einer Faust und streckte den Daumen hoch.

Ruth griff nach dem Handy, das am Küchentisch lag, rannte ins Schlafzimmer, schloss die Tür. Sie wählte die Nummer ihres Mannes. Ein einziges Klingelsignal, und er war am anderen Ende der Leitung.

»Simon!«

»Ich habe es gerade gelesen!«, schrie er. »Geht es euch gut?«

»Ja, uns ist nichts passiert. Und dir?«

»Bei uns ist alles ruhig.«

»Wir müssen weg«, schrie Ruth, »wir müssen gehen.«

»Melde dich, ich liebe dich.«

Dann brach die Verbindung ab.

Ruth starrte auf das Display. Eine Sekunde. Zwei. Dann fasste sie sich wieder. Sie zog eine Reisetasche aus der oberen Lade, die kleineren Taschen stürzten mit zu Boden. Planlos stopfte sie Dinge hinein, Pullover, Unterhosen, Socken, ein Buch – warum ein Buch? Was nimmst du mit, wenn du nicht weißt, ob du wiederkommen wirst?

Dokumente! Fahrig strichen ihre Finger durch die Schubladen und Kästen. Sie hatte Geld, sie hatte Reisepässe, sie hatte einen Schlafsack.

Ruhig, aber bestimmt holte Ruth ihre Tochter vom Fernseher weg. Sie sagte: »Alles wird gut. Wir müssen wo hingehen, wo das Dach dicker ist und wo wir sicher sind. Ich kann es dir jetzt nicht erklären. Wir müssen schnell sein.«

Das Mädchen sah seine Mutter mit der Tasche am Arm und den weggewischten Tränen im Augenwinkel. Und es verstand. Es drückte die Off-Taste der Fernbedienung und stand auf. Der kleine Körper, der gerade noch ein Knoten gewesen war: erhaben und mutig. Ruth sah, wie die Kindheit in diesem Moment von ihr abfiel, und es brach ihr das Herz.

Dann nahm sie ihre Hand, und die beiden rannten zwischen quergeparkten Autos und Wänden hindurch, die eingestürzt und auf die Straße gepoltert waren. Die sicheren Mauern ihrer Heimat waren zum Kartenhaus geworden. Instinktiv duckte sich Ruth, obwohl nichts mehr am Himmel zu sehen war. Sie rannte und zog das Kind hinter sich her, das mithielt, ohne zu zaudern. Noch ein paar Schritte, dann hatten sie den Eingang zur U-Bahn erreicht. Sie hetzten die Treppen hinunter, wie Mäuse, die ins Erdreich flüchteten. Und sie waren nicht die Ersten. Auf Decken und Jacken saßen Menschengruppen. Das Geschrei auf den Straßen hatten sie hinter sich gelassen. Ruth und das Mädchen tauchten in eine Blase der Stille, eine Andacht, als wären die Gewölbe der U-Bahnschächte ihre Kathedrale.

Ruth sackte zusammen. Zu wem beten, wenn du niemandem glaubst?

Sie verbrachten fünf ganze Tage unter der Erde, bis sie sicher sein konnten, dass diese ersten Bomben nicht mehr gewesen waren als Muskelspiel, eine plumpe Drohung. Der Krieg selbst tobte in anderen Gebieten. Deshalb wurden die Männer eingezogen, zu Kämpfen, auf die sie das Leben nicht vorbereitet hatte. Simon beorderten sie direkt von seiner Außendienststelle an die Front, Ruth und er konnten sich nicht mehr sehen, ersparten sich dadurch auch einen tränenreichen, pathetischen Abschied, wie die, die Ruth immer wieder an den Bahnhöfen und Haltestellen miterlebte.

Zurück blieben die Frauen. Und sie taten, was getan werden musste. Sie übernahmen das tägliche Leben. Sie bauten die Mauern wieder auf, sie saßen am Steuer der schweren Maschinen, sie hielten das Leben am Laufen.

Wenn Ruth an diese Zeit zurückdenkt, schieben sich Tage und Wochen ineinander, sie hatten Routinen und damit ihr Zeitgefühl verloren. Die Angst war zum Begleiter geworden wie stinkender Dampf aus der Kanalisation, an den du dich gewöhnst und der dir trotzdem die Luft zum Atmen nimmt. Und an manchen Tagen, in manchen Situationen, war die »neue Normalität« von der alten kaum zu unterscheiden. »Für die Kinder«, sagten die anderen Frauen, wenn sie lachten und Kuchen buken. Als ob die Kinder den Gestank der Angst nicht riechen würden.

Und dann gab es einzelne Tage, die hatten ein Datum. Wie der, als Pola zu Ruth ins Labor kam. Es war mitten im Sommer, und Pola schüttelte weiße Eisperlen von ihrem Mantel ab. Auch der Natur war die Ordnung der Dinge längst abhandengekommen. Schnee im Juli, brütende Hitze im Dezember, innere Uhren und äußere Abläufe durcheinander, und keine Aussicht auf Besserung. Pola hatte keine Kraft mehr, nur noch Zynismus. Unter ihrem Mantel trug sie ein T-Shirt mit der Aufschrift *Hate to say: I told you so.* Und sie sagte:

»Beweise, Beweise, dauernd wollten sie Beweise. Und jetzt, wo die hier sind, fragen sie sich, wieso. Der Zusammenhang von Ursache und Wirkung wurde offenbar abgeschafft, während ich geschlafen habe.«

Sie setzte sich auf Ruths silbern glänzenden Arbeitstisch.

»Hast du was von Simon gehört?«

»Ja«, sagte Ruth, »er ist jetzt weiter östlich stationiert.«

»Ist ein Ende absehbar?«

»Simon weiß genauso wenig wie wir.«

Ruth stand am Mikroskop und beobachtete die Reaktionen in ihrer geordneten Welt in der Petrischale. Pola musterte sie.

»Das ist nicht der Grund, warum du mich gebeten hast zu kommen, oder?«, sagte Pola.

Sie zog Ruth weg von ihrer Linse, zog sie zu sich. Sie küsste die kitzelige Stelle hinter ihrem Ohr und ließ ihre Finger unter den Kragen des Laborkittels rutschen. Der Duft von Flieder. Licht in ihren Augen.

Ruth senkte den Blick und grinste. Und Pola fragte: »Was ist?«

Ruth sagte kein Wort, denn in dem Moment, wo sie es benennen würde, wäre es real. Es wäre tatsächlich geschafft. »Was?!«, fragte Pola noch einmal. Und sie begann auch zu grinsen. Sie sprang vom Tisch und fiel Ruth um den Hals. Sie sagte:

»Und woher weißt du, dass…?«

»Selbstversuch.«

Polas Gesicht fror ein. Sie trat einen Schritt zurück und ohrfeigte Ruth.

»Hör auf, an dir selbst zu experimentieren! Wir haben nur uns. Ich darf dich nicht verlieren.«

Ruths Wange brannte. Sie entschuldigte sich, beteuerte die Ungefährlichkeit, die ihr Pola selbstverständlich nicht glaubte. Sie waren alle Labormäuse in einem grausamen Spiel, Ruth sah keinen Sinn darin, bei ihrer eigenen Haut eine Grenze zu ziehen. Doch sie sagte: »Ein harmloses Medikament, ich hätte es sowieso genommen.«

Polas Augen, die sich vor Sorge graublau verfärbten: Ruth erinnert sich an die Wut, und sie erinnert sich an die Liebe, die sie in diesem Moment für Pola empfand. Ihre orangen Lippen ein dünner Strich. Auch in Zeiten des Krieges verzichtete Pola nicht auf Lippenstift, gerade jetzt nicht. Als sie sie wieder öffnete, sagte sie: »Das wird dir den Nobelpreis bringen.« Und Ruth wusste, dass Pola recht hatte.

Noch waren die Koryphäen, vor denen sie referieren könnte und die sie unter die Lupe nehmen und dann in den Himmel preisen würden, mit anderen Dingen beschäftigt. Jeden Tag, wenn Ruth aufstand, versuchte sie, die Welt in ihrem Ausnahmezustand als Chance zu sehen. Sie hatte die Möglichkeit, das, was sie entdeckt hatte, zu verfeinern. Sie müsste nur durchhalten und Ruhe bewahren. Die Stellung halten.

»Alles wird gut«, sagte sie ihrer Tochter jeden Abend, wenn sie ihr nach der Einschlafgeschichte übers Haar strich und sie die Fragen, die das Kind stellte, wieder einmal nicht beantworten konnte. Alles wird gut.

Drei Monate und 17 Tage später wurde die Handbewegung eines Delegierten als Beleidigung aufgefasst, eine andere Hand drückte einen Knopf, und am Ende der Welt detonierte die erste Atombombe dieses Krieges.

12

Durch die Steinsäule neben der Tür zieht sich eine graue Ader, ein Sprung. Brüchigkeit in der tragenden Stabilität. Ania starrt sie an. Schon dutzende Male ist sie neben dieser Säule gestanden, ist an ihr gelehnt, und noch nie ist ihr der Sprung aufgefallen. Auch die Tür mit den eisernen Klinken, abgeriebene Druckstellen, Spuren der Menschen, die gekommen und gegangen sind. Es ist, als würde Ania die Dinge zum allerersten Mal sehen. Als wäre die Zeit der Maskerade vorbei.

Der Rat macht gerade Pause. Die alte Königin schleppt sich durch den Gang in ihr Zimmer, zu ihrem Rückzugsort, wo sie niemanden ansehen muss. Ania schaut ihr nach und versteht diesen Körper, die gebeugte Haltung. Die Last des Wissens und der Schuld, die auf ihren Schultern liegt und die bereits auch ihren, Anias, Torso nach unten zu ziehen beginnt.

Pola sitzt geschwätzig an dem runden Tisch und unterhält sich mit Farina. Alle anderen haben den Raum verlassen, sich zurückgezogen für einen Moment der Ruhe.

Ania denkt daran, wie sie Duma den anderen beschrieben hat: Als Sack, der zu platzen droht. Nur ein paar Tage später, und sie selbst ist dieser Sack. Ania setzt sich abseits auf einen Stuhl. Der Körper: schlapp und kraftlos. Ihr Kiefer schmerzt. Kein Wort hat sie verraten seit gestern. Hat Carmens Bohren nicht nachgegeben. Schweigendes Abendessen, schlaflose Nacht. Vielleicht liegt es am Schlafmangel, an den müden Augen, dass sie die Welt heute so anders sieht. Dass sie erst heute bemerkt, wie die Stärke dieses Hauses sie täuscht. Dass die Prinzipien, denen sie sich verschrieben hat, reine Staffage sind auf einer Bühne, hinter der alte Menschen das Sagen haben.

Duma ist gestürzt, sagte Pola heute Morgen. Noch bevor der erste Tagesordnungspunkt besprochen wurde, kam die Information, gesäuselt, wie nebenbei. Und hätte es Gestern nicht gegeben, dann wäre es auch keine große Sache.

Duma ist gestürzt.

Pola ist zu schlau, um die Doppeldeutigkeit dieses Satzes nicht zu verstehen. Und wie sie lächelte, als sie von den leichten Abschürfungen an Knie und Ellbogen sprach. Neben ihr: die dunkle, magnetische Leere eines Stuhls, auf dem heute niemand sitzt. Ania dachte: Mit ihrer Abwesenheit nimmt Duma so viel mehr Raum ein, als sie es mit ihrer Anwesenheit je gekonnt hätte.

Ania presst die Lippen aufeinander. Pola und Farina verlassen plaudernd den Saal, ohne sie anzusehen. Alle meiden sie sie heute auf gekonnte Weise: Die sanfte Drohung einer gewaltfreien Gemeinschaft.

»Möchtest du ein Glas Wasser?«

Alev steht neben ihr.

»Ich hab gedacht, ich bin allein«, sagt Ania.

Bestimmt hat Ruth sie geschickt. Darauf kann Ania gerne verzichten.

»Darf ich?« Alev deutet auf den freien Stuhl neben Ania.

Sie nickt, nimmt nun doch das Glas, und Alev setzt sich. Ihre Schultern kippen nach vorne, und sie klemmt ihre verschränkten Hände zwischen die Knie. Vorsichtig schaut sich Alev um. Sie lächelt Ania an. Sie hat ein sehr schönes Lächeln, auch das hat Ania bisher noch nie bemerkt.

»Ich bin unsichtbar«, sagt Alev, »das ist meine Superkraft«.

»Du bist nicht unsichtbar.«

»Doch. Ich bin überall dabei, und danach kann sich niemand erinnern, dass ich hier war.«

Wenn sie lächelt, legte sich die Haut um ihre Augen in Fältchen, nur kurz, nur für einen Moment. Ein Gesicht, in das sich noch keine Geschichte eingeschrieben hat. Alev hat recht: Sie ist unsichtbar. Ania weiß nichts über diese Frau, die sie seit Wochen auf Schritt und Tritt begleitet. Sie hat sich nur auf Ruth konzentriert, und Alev war ihr Schatten. Keine eigene Meinung, keine eigene Geschichte. Ein ängstlicher Mensch, der sich darüber freut, eine Aufgabe im Leben zu bekommen.

Ania schämt sich. Jetzt lächelt sie zurück.

Alev richtet ihren Oberkörper auf. Die gefangenen Finger befreien sich und strecken sich breit auf ihren Oberschenkeln aus.

»Ich war zum Beispiel dabei, als sie sich für dich entschieden haben. Ich weiß, warum.«

Ania zwickt sich selbst in den Unterarm. Wie sehr sie die Vorstellung hasst, von diesen Menschen bewertet zu werden.

»Und warum?«, fragt sie. »Weil ich jung bin? Leicht formbar? Weil man mir alles erzählen kann?«

»Weil du keine Angst hast, haben sie gesagt.«

Ania schnaubt spöttisch. Sie nimmt einen Schluck Wasser und schüttelt den Kopf.

»Ich sitze in einer Ecke. Ich habe den ganzen Tag kein Wort gesagt. Würdest du das als mutig bezeichnen?«

»Gib jetzt nicht auf«, sagt Alev.

Ania atmet tief ein.

»Ich bin ganz allein«, sagt sie. »Ich schaffe das nicht.«

Alev schaut sie an, aber reagiert nicht. Sie verschränkt ihre Finger wieder zu einem Knäuel und steht auf. Durch den Gang hallt schon das schnatternde Gelächter von Pola und den anderen.

»Die durchschnittliche Lebenserwartung in unserer Gemeinschaft liegt bei 73 Jahren«, sagt Alev, stehend über ihr. »Wie alt bist du, Ania?«

»29.«

»Ich bin 30«, sagt Alev. Sie geht durch den Raum zurück zu ihrem Stuhl, aufrecht und konzentriert. Sie setzt sich, heftet den Blick auf ihre Arbeit.

Der lachende Lärm schwemmt die Alten zurück in den Arbeitsraum. Polas marode Hüfte lässt ihren Rock ausladend schlenkern. Farina stützt sich auf ihren Stock. Ruth schiebt ihre dünnen Beine unter die Tischkante.

Alev muss es nicht aussprechen: Ania sieht es. In den schwerfälligen Bewegungen und den wulstigen Adern auf ihren Handrücken. In der grauen Müdigkeit unter ihren Augen.

Sie hatten ihre Leben. Die Wogen von Stunden, Tagen und Jahren haben ihre felshohen Träume abgeschliffen, geblieben sind Kieselsteine, klein, glatt und unkompliziert. Sie geben sich mit wenig zufrieden und glauben, sie wären immer so gewesen. Ania denkt an die Gesichter, die sie auf den Archivbildern gesehen hat, schwarze Blicke und schmutzige Hände, die dich zerreißen, wenn du dich ihnen in den Weg stellst. Was ist aus ihrem Verlangen nach Zukunft geworden? Ein Schrein voller Erinnerungen. Nur, weil sie sich selbst nicht mehr bewegen können, möchten sie, dass die Welt stillsteht.

Sie hatten ihre Zukunft. Jetzt ist es an der Zeit, uns unsere zu lassen, denkt Ania.

Sie steht auf. Und lässt die Last auf dem Stuhl liegen, eine Hülle, die sie nicht mehr braucht. Mit federnden Schritten geht auch sie zu ihrem Platz zurück.

Vier Stunden noch, dann wird sie Sinele treffen.

13

Vielleicht wäre ich auch Tänzerin geworden, denkt Pola. Wenn die Weltlage mir eine Chance gelassen hätte. Wenn ich aufwachsen hätte können wie meine Mutter oder meine Großmutter, im permanenten Aufstieg, einen Krieg im Rücken und den Blick nach vorne in die blaue Zukunft. Höher, schneller, weiter. Sie erinnert sich an das Bild im Fotoalbum ihrer Eltern, auf das sie, die Mutter, ganz besonders stolz war: Die Piloten-Prüfung. Auf dem Rollfeld, die rötlichen Locken im Wind, und das laminierte Blatt Papier an die Brust gedrückt. »Alles ist möglich«, sagte Mutter. Pola wuchs heran und die Bedeutung dieses Satzes drehte sich, kehrte sich von innen nach außen. Schaute sie an mit glühend roten Augen. Ja, alles war möglich. Es war möglich, dass ein krankes Tier auf einem Markt eine globale Pandemie auslöste. Es war möglich, dass sich die Ozeane so schnell erwärmten, dass sogar den Drohern und Mahnern die Worte ausgingen. Es war möglich, dass die Welt kollabierte und die Tage der Menschheit gezählt waren. Alles war möglich, und es ließ Pola keine andere Wahl. Ihre Mutter stieg ins Flugzeug, und Pola ging auf die Straße. Die Entfernung zwischen ihnen hätte nicht größer sein können.

Also verließ Pola ihre Kindheit und die Menschen, die eine Rolle darin spielten, als wäre es ein ungeliebtes Land, überschritt eine Grenze und blickte nicht mehr zurück. Mutter: Nicht so zu werden wie du war der größte Antrieb meines Lebens. Zumindest dafür schulde ich dir Dank, denkt Pola.

Das Stakkato der Ereignisse Anfang der Dreißigerjahre hatten ihre Eltern nicht mehr erlebt. Ein Flugzeugabsturz auf dem Weg in den Urlaub. Sie waren in der Gewissheit gestorben, der Mensch sei die Krone der Schöpfung. Die Vertreibung aus dem Paradies blieb ihnen erspart. Seither tanzt Pola, so wie heute, am Rande des Vulkans. Sie spürt es brodeln, aber sie vertraut ihren Schritten. Und sie liebt es zu wissen, dass sie auf dem richtigen Weg sind und die Hitze bereits im Rücken haben. Ania ist dieser Weg. Als sie sie so sitzen sah, jetzt gerade in der Pause, allein in der Ecke, wurde ihr warm ums Herz.

Pola streckt sich: Der lange Tag und die Erinnerung an vergebene Chancen, kratzig wie Sandpapier, verlangt nach einer Verlagerung der Glieder und Bänder. Ruth spricht von Energieumverteilung, und Pola denkt: Tänzerin, oder Malerin. Wenn es die Zeit zugelassen hätte.

Ania ist die Richtige, Pola weiß es aus tiefster Überzeugung. Erste Reihe fußfrei beobachtet sie, wie sich Ania vorarbeitet. Aus ihrer Deckung heraus genießt sie es, wenn Ania die Fassade durchbricht. Wenn die Wangen erröten oder die Haut am Hals zu pochen beginnt. Ania ist ein Mensch mit all den Eigenschaften, die es braucht, um anderen ein Vorbild sein zu können. Und das, womit sie vermutlich hadert, wenn sie allein in der Ecke sitzt, dass ihr die Stärke fehlen könnte oder die Konsequenz, dass sie zu verletzlich sein möge – all das zeichnet sie aus.

Ruth muss es gespürt haben. Schließlich hat sie sie selbst darauf angesprochen. Doch Intervention könnte man es nicht nennen. Es waren Gespräche, an den richtigen Stellen, mit den richtigen Menschen. Pola musste nur darauf zeigen, dann sah es jede: Das war der Weg. Das waren die Signale.

Alev kommt zum nächsten Tagesordnungspunkt, und Ania hebt die Hand. Wieder stellt Ania eine Frage. Wie stolz ich auf sie bin, denkt Pola. Und Ruth wird es verkraften. Auch wenn ihr Gesichtsausdruck etwas anderes sagt. Pola lächelt. Meine starke Ruth, denkt sie. Wie schön wird das werden, wenn du endlich deinen Panzer ablegen darfst. Erschöpft siehst du aus, erschöpft und stur. Die bläulichen Schatten unter deinen Augen werden dunkler. Und die Haut: trocken, schuppig. Du wehrst dich mit jeder Faser gegen deinen Abgang. Du kommst uns trotzdem nicht aus, denkt Pola und lächelt.

Ruth setzt zu einem ihrer berühmten Monologe an, und wieder geht Ania dazwischen. Sie will wissen, wie die Rationierungen berechnet werden. Und da steht Ruth auf und beendet die heutige Sitzung, mit der notwendigen Höflichkeit, die sie durch ihr ganzes Leben getragen hat. Trotz ihrer Härte.

Die Frauen im Raum nehmen es dankbar an. Farina streckt sich. Sirouk reibt ihre schlaffen Augenlider: als würde sie eine schlecht sitzende Maske im Gesicht herumschieben. Alt sind wir geworden, denkt Pola. Wir haben unsere Sache gut gemacht. Und ich wollte nie Kinder, denkt Pola, aber wenn ich eine Tochter hätte, dann sollte sie sein wie Ania, die jetzt ihren Rücken sehr gerade hält, als sie aufsteht. Sie packt schon zusammen.

Pola beeilt sich, ein, zwei schnelle Schritte, bis sie vor Ania steht, nur der Tisch zwischen ihnen. Sie sagt:

»Du forderst uns heraus, und das ist sehr gut so.«

Sie sagt es beiläufig, als wäre sie schon im Gehen, dreht sich von Ania weg und sagt:

»Über die Wasserrationierungen haben wir schon oft und tagelang leidenschaftlich gestritten. Mach dich also auf etwas gefasst!«

Sie wirft noch einen letzten schnellen Blick zurück und sieht: Ania lacht. Ania lacht! Wir sind auf dem richtigen Weg.

14

Die Straße, Menschenmassen. Ania drückt die Kopfbedeckung etwas tiefer in die Stirn. Sie sieht die ersten
Fahrzeuge nur wenige Straßen vom Regierungsgebäude
entfernt. Im Eingang eines Lebensmittelladens steht eine
Person, mit verschränkten Armen und hartem Blick. Ania
spürt das Starren, und sie hört das ziehende, hochfre-
quente Piepsen der Störtöne, die die Marder und Ratten
von den Lagern fernhalten sollen. Ob die Alten wissen,
dass auch wir Jungen sie hören können, nicht nur die
Tiere? Vielleicht. Es hat uns noch nie abgehalten, denkt sie.

Ania geht weiter. Sie entscheidet sich für ein Fahrzeug
außer Sichtweite des Regierungsgebäudes, wirft noch
einen kurzen Blick über die Schulter. Sie steigt ein.

X45Y165 Südwest. Das Navigationssystem erkennt
das eingegebene Ziel, auf der Landkarte grenzt es an den
dicken roten Balken, den dieses Fahrzeug nicht überqueren darf. Der Rand der Kuppeln. Sie schützen dich,
wenn du dich ihren Regeln beugst.

Der Motor sirrt auf. Der Sicherungsgurt drückt Ania
in den Sitz.

Das Auto setzt sich in Bewegung. Geräuschlos ma-
növriert es durch die Straßen. Ania legt den Kopf in den
Nacken und schließt die Augen.

In Carmens Armen zu liegen und zu lügen ist ein Ding
der Unmöglichkeit. Muss man alles wissen? Ania hat
Carmen gemieden, hat Kopfschmerzen vorgeschoben.
Und schon haben sie mich auf ihrer Seite, denkt Ania.
Ich bin um nichts besser als die Alten. Ein Mensch, der
die Hälfte verschweigt.

Sie öffnet ihre Augen. Die bewohnten Straßen liegen
schon hinter ihr, jetzt fährt sie an den mächtigen Stahl-

konstruktionen der Pfeiler entlang, die die Kuppeln tragen und in Spannung halten. Das Auto verringert die Geschwindigkeit. Es bleibt stehen. Ziel erreicht. Ania öffnet die Tür. Ein gerader Strich am Boden markiert den Übergang von Schatten zu Sonne, und das Glühen der nicht überdachten Felder weht ihr ins Gesicht. Niemand ist zu sehen. Ania dreht sich in alle Richtungen. Sie hält die Hand schützend über die Augen. Vielleicht trägt Sinele ihren weißen Anzug, vielleicht steht sie ein paar Meter entfernt in der Sonne?

Ania geht langsam auf und ab, wippt auf den Zehenspitzen vor und zurück. Sie berührt den warmen Stahl der Pfeiler. Fährt die Linien mit ihren Augen ab.

Ruth bricht die Regeln, nicht zum ersten Mal.

Ania ist bereit. Doch Sinele ist nicht hier.

15 Minuten, länger kann Ania nicht warten. Die Haut auf ihren Händen spannt, trotz Protektionscreme. Die vom hellen Boden reflektierten Strahlen sind der Grund, warum in der Schutzzone niemand wohnt. Ania steigt zurück ins Auto und nimmt einen tiefen Atemzug der kühlen, gefilterten Luft.

Sinele ist kein Mensch, der Termine vergisst, keinen solchen. Ania muss mir ihr sprechen, heute noch dringender als vor ein paar Tagen. Trotz der kühlen Luft wird Anias Atem schneller. Ihre Finger tippen auf der Landkarte der Navigation, wischen zu den Südfeldern, doch das System blockiert: Gemeinnützige Fahrzeuge überqueren die rote Grenze nicht.

Anias Kommunikator vibriert. Warum ruft sie an? Panik steigt in ihr hoch, wie unvernünftig, Ania ist schon viel zu weit gegangen.

Wir wissen alles über dich. Bei der eigenen Hoffnung kann man nicht vorsichtig genug sein.

Doch es ist nicht Sinele. Es ist Carmen.

»Wo bist du?«, fragt sie.

»Bald zuhause«, weicht Ania aus. »Warum rufst du an?«

Ania möchte höflicher sein, aber dazu fehlt ihr die Energie. Sie ist kein Mensch, die das natürlich in sich trägt, sie muss sich bemühen. Die Kraft dafür hat sie heute nicht mehr.

»Die Frau, der du geschrieben hast, Sinele.«

»Was ist mit ihr?«

»Sie ist tot.«

Instinktiv dreht sich Ania um, kontrolliert die Umgebung des Autos. Sie starrt auf ihre Hände: Die Finger zittern.

»Woher weißt du das?«

»Ich habe es gerade gelesen. Ich dachte, du möchtest es vielleicht wissen.«

Zwischen den Zeilen schwingt der Vorwurf der zurückgewiesenen Geliebten. Anias Hals wird eng. Sie drückt an der Lüftung herum, versucht, sie kühler zu schalten. Mit ihrer flachen Hand schlägt sie wütend aufs Armaturenbrett. Ihr Atem flieht in kleinen, hechelnden Stößen.

Carmen sagt: »Was ist mit dir los? Rede doch endlich mit mir!«

Doch Ania kann nicht reden. Sie kann nur fragen.

»Woran ist sie gestorben?«

»Wer? Die Wissenschaftlerin?«

»Ja! Woran ist sie gestorben?«, schreit Ania.

»Sie hat sich umgebracht.«

15

Und wenn wir sind, dann sind wir alles, und wir sind alles zugleich. Stürzende Flüsse und fallende Planeten, der Himmel und die Erde und alles darin. Wir sind lärmendes Chaos, das sich zu klaren Gedanken formt, und wir sind pulsierende Stille, die uns wachsen lässt. Im Takt des Universums summt jede unserer Zellen, und der Mond lenkt unser Blut. Im Kleinen sind wir das Spiegelbild des Großen, Zwerge und Giganten, Fische und Vögel, eine so kurze Lebensspanne und doch: Wir tragen Millionen Jahre Erde in uns. Wir mahlen mit Zähnen, geformt aus den Mineralien der Berge, wir leben vom Blut, das das Eisen des Bodens in sich trägt. Und wir atmen Luft, die die Sonne berührt hat. Die Kumulation, die sich Mensch nennt – sie ist alles, und sie ist alles zugleich.

Und wenn wir nicht mehr sind, dann werden unsere Flüsse ihren Weg zurück in die Ozeane finden. Dann werden unsere Planeten kreisend ihre Bahnen ziehen und uns vergessen machen. Wenn wir nicht mehr sind, dann sind wir doch hier, als Teil des Chaos, als Teil der großen Geschichte, die sich Leben nennt.

Langsam setzt sich die Prozession in Bewegung. Die Kappen haben sie alle gegen ausladende weiße Hüte getauscht. Gesichtsmasken tragen sie keine, es ist eine letzte Ehrenbezeugung an die Verstorbene und der brennende Hinweis aus den Lungen, dass das eigene Leben endlich ist.

Die Bestattungshelferinnen heben den Wagen leicht an: Die Spitze taucht schon ins gleißende Weiß der Sonne ein, als sie weiterschieben und aufs offene Feld hinaustreten. Es ist Sineles letzter Gang ins Licht. So viele Menschen begleiten sie an diesem Tag, in kleinen Gruppen drängen sie hinter der Toten her, stoßen mit den Rändern ihrer Hüte aneinander. Niemand spricht ein Wort.

Sineles Körper liegt wie schlafend auf den silbernen Planken des offenen Wagens. Ihre langen schwarzen Haare fließen auf ihre Schultern, tanzen in den Windstößen, die über die freien Felder ziehen: Ihre Haare verweigern sich der allgemeinen Traurigkeit. Keine Zeichen der Gewalteinwirkung sind zu sehen, keine Abnutzung. Die Auswirkung der Pillen ist unsichtbar, und der Tod steht jedem Menschen frei. Wenn es denn eine freie Entscheidung war. Zehn Minuten, denkt Ania, zehn Minuten hält Sineles Haut das aus. Dann werden sie die Seitenwände schließen und Sinele der Sonne überlassen.

Ania macht kleine, vorsichtige Schritte. Sie geht neben Ruth. Selbstverständlich geht sie neben Ruth, es ist keine Entscheidung, sondern Protokoll, das Symbol einer geordneten Übergabe. Hinter ihnen folgen Pola, Farina, dann Sirouk und Alev. Nur Duma fehlt.

Sinele hat schon genug geredet.

Duma offenbar auch.

Ohne den Kopf zu drehen, versucht Ania, Ruth zu beobachten. Die alte Königin hat die Augen zusammengekniffen, die Hitze und die sandige Luft schmerzen sie, und sie zieht eine Grimasse, als würde sie lachen. Bestimmt zählt auch sie die Minuten.

Die Bestatterin deutet ihren Helferinnen, anzuhalten. Sie wendet sich den Anwesenden zu und beginnt, über die Endlichkeit der Dinge zu sprechen. Der Wind trägt ihre Worte fort, und es ist egal: Niemand ist wegen ihrer Vergleiche gekommen.

Ruth hat ihre Fassung wieder, im Stehen fällt es ihr offenbar leichter, ihre Mimik unter Kontrolle zu halten. Sie muss Anias Blick gespürt haben, denn einen kurzen

Moment schaut sie sie bohrend an. Dann richtet sie ihren Blick wieder nach vorne und sagt leise: »Wie geht es Carmen?«

Ania weiß, wie Mitgefühl klingt, und sie kennt den Klang einer Drohung. Die silbernen Wärmebeschleunigungsfelder des Leichenwagens reflektieren die Sonnenstrahlen, reißen das Weiß des Himmels in Stücke. Anias Augen tränen, sie hat Mühe, sie offenzuhalten. Ihre Zunge klebt am Gaumen.

»Gut«, flüstert sie.

»Es ist eine aufregende Phase, in der ihr gerade seid«, sagt Ruth. Köpfe drehen sich, tuscheln. Ruth ist das egal. Der Rat der Ältesten hat dieses Begräbnis organisiert, sie kann tun, was sie für richtig hält. Zumindest spricht sie leise.

»Aber man sollte vorsichtig sein«, sagt Ruth.

Ania zieht ihren Kopf ein. Sie spürt Sand zwischen ihren Zähnen.

»Man glaubt, alles sei in Ordnung… aber…«

Ruth nickt mit dem Kinn der Bestatterin zu, lächelt sie an. Dann neigt sie den Kopf, ohne den Blick vom Leichenwagen zu nehmen, und flüstert:

»… manchmal ist alles sehr schnell wieder vorbei.«

Menschen, die Sinele nahegestanden sind, legen Blumen auf ihren Körper: Die Oberarme unnatürlich hoch, damit sie das brennend heiße Silber nicht zu berühren. Übelkeit steigt in Ania hoch. Die Seitenplanken des Wagens werden geschlossen. Die Bestatterin hebt die Hände, und mit einer schiebenden Bewegung entlässt sie die Anwesenden aus dem Ritual. Endlich. Schnell drehen sich die Hüte, und mit eiligen Schritten flüchten die Lebenden zurück unter die Kuppeln. Die schnellste von ihnen ist Ania. Sie drängt sich zwischen den engstehenden Schultern hindurch, läuft über den staubigen Boden, bis sie endlich wieder Schatten über dem Kopf hat. Punkte tanzen vor ihren Augen: Hitze und Laufen, das verträgt sich nicht. Doch Ania hat keine Zeit. Sie rennt die Perlenschnur an Fahrzeugen entlang, öffnet das erstbeste und gibt ihr Ziel ein.

Carmen sitzt auf der Couch und liest, sie schaut hoch, und Ania kann die Spiegelung ihrer eigenen Angst in Carmens Gesicht ablesen.

»Du musst von hier weg«, sagt Ania. »Ich kann es dir nicht erklären, aber bitte glaub mir.«

Carmen steht auf, ungelenk, mit dem einen Arm stützt sie sich ab, und mit dem anderen hält sie ihren Bauch. Hält das Kind, das Ania jetzt zu schützen versucht. Sie weiß nicht, ob sie den Verstand verliert, sie kann die Gedanken nicht zu Ende denken, denn was würde das heißen? Dass Ruth…? Dass sie alle…?

Doch sie hat gehört, was sie gehört hat. Du bist schlau, Ania, jetzt sagt sie es sich selbst, und wieder ist es mehr Auftrag als Feststellung.

»Pack deine Sachen, das Nötigste. Und schalt alle deine Geräte ab.«

Carmen steht nur da. Sie streichelt Anias Wange, sucht ihren Blick.

»Was ist los mit dir?«, sagt sie.

Ania schlingt ihre Arme um Carmen, drückt Schläfe an Schläfe. Sie legt ihre Lippen an Carmens Ohr und flüstert: »Bitte vertrau mir.«

Shuri steht schon in der Tür, als sie ankommen. Der schwarze Hund drängt sich an Shuris Beine. Anja mag ihn nicht. Heute ist sie froh um ihn. Shuri ist kein Mensch der vielen Worte. Sie versteht sofort.

»Man will mir schaden«, sagt Ania. »Bitte. Nicht einmal ich darf wissen, wo sie ist.«

Carmen ist blass. Trotzig sagt sie: »Das ist völlig übertrieben.«

»Vielleicht«, sagt Ania. »Dann lachen wir in ein paar Monaten darüber. Versprochen.«

Ihr Witz kommt nicht an, die gespannten Nerven lassen nicht los. In der Luft surrt das entfernte Hämmern an brüchigen Pfeilern, ein subtiles, aber ununterbrochenes Geräusch, das einen verrückt machen kann.

»Komm, wir fahren gleich jetzt«, sagt Shuri und nimmt Carmens Tasche. Der Mensch mit dem großen Bauch dreht sich um, und die Räder der Zeit verkeilen sich und stocken für einen Moment, ein Augenaufschlag, eine Ferse, die den Boden berührt, weißer, schwingender Stoff um Haut, kleine Härchen am Handrücken – wir sind alles und wir sind alles zugleich –, und da geht das Leben und lässt Ania alleine zurück, und das Blut pocht in ihrem Schädel und der Sand knirscht in ihrem Mund, und sie sieht Carmen und Shuri in ein Auto steigen und wegfahren, und jetzt kann sie es nicht mehr zurückhalten: Ania krümmt sich, erbricht sich auf den Boden.

16

»Eine wunderschöne Zeremonie«, sagt Pola. Sie hakt sich bei Ruth unter. Langsam setzen sie einen Schritt nach dem anderen, spüren die Schwere ihrer Glieder nach der Anstrengung. Sie gehen im Gleichschritt, zumindest diesen kurzen Weg. Polas Arm glüht durch den Stoff ihrer Kleidung, Ruth spürt ihre Hitze, und sie riecht den Fliederduft, der Polas Haut umgibt. Hinterhältige Moleküle, die sich in Ruths Gehirn schleichen und Türen öffnen, Türen, die aus gutem Grund geschlossen wurden. Ruth schiebt Polas Arm von sich weg. Sie befreit sich von ihr und den Erinnerungen. Sie tut es sanft, aber entschlossen.

Pola lächelt milde, und selbstverständlich vergrößert sie den Abstand zwischen ihnen nicht. Niemand schickt Pola weg. Ruth denkt an den Abschied, ihren einzigen großen Abschied. Ihre geröteten Lider, das Taschentuch vor der Nase, Pola war so weich, und sie, Ruth, so hart, so fest verkeilt in ihrem Panzer. »Du bist kein Mensch mehr«, sagte Pola damals, »du bist nur Pflicht.«

»Deshalb habt ihr mich ausgewählt.«

»Ruth, ich schaffe das nicht. Ich sterbe neben dir.«

Jetzt geht sie wieder einmal neben ihr, und sie sagt: »Wir haben eine exzellente Wissenschaftlerin verloren. Sinele hat uns weit gebracht. Wie traurig, dass es so enden musste.«

Ruth nickt, aber sie findet keine Worte, was sollte sie auch sagen? Der Schweiß läuft ihre Schläfen entlang, an den Schuhspitzen klebt der Sand: Sie hat heute schon genug gegeben, sie ist müde.

»Sollte ich mal sterben, dann könnt ihr auf die großen Reden gerne verzichten«, sagt Ruth.

»Sollte?«

»Du weißt, was ich meine.«

»Ich weiß es. Und ich hoffe inständig, dass ich noch sehr lange nicht über deine Bestattungsrede nachdenken muss.«

Etwas abseits, zwei Ecken weiter, sehen sie Alev stehen. Geduldig wartet sie neben dem Viersitzer, mit dem sie gekommen sind. In grauen Flächen ziehen sich Schatten über das Dach des Fahrzeugs und über Alevs Brust. Menschenschlangen drängen mit eiligen Schritten an ihnen vorbei. Alle möchten sie nach Hause.

Eine Hand auf Ruths Schulter: Sirouk, die sich verabschiedet. Auch Farina winkt matt. Pola deutet freundlich in die Runde, dann bleibt sie stehen, dreht sich so, dass sie mit ihrem Rücken lästige Blicke abschirmt. Sie sagt leise:

»Ich habe viel über Anias Vorschlag nachgedacht, über die...« Sie zögert, schaut sich einen Moment um. »... über die Rekreation.«

»Pah!« Ruth schlägt mit ihren flachen Händen auf ihre Oberschenkel. Sie schüttelt den Kopf, will sich wegdrehen. Da streckt Pola ihre dünnen Finger aus und greift sich den Stoff an ihrem Arm. Hält sie fest. Sie möchte, dass Ruth ihr zuhört. Wirklich zuhört.

»Wir haben das Patriarchat aus dem Gedächtnis der Gesellschaft gelöscht. Sie könnten neu beginnen. Vielleicht ist genug Zeit vergangen«, sagt Pola.

»Genug Zeit wofür?«, herrscht Ruth sie an.

Das wässrige Blau in Polas Augen zittert, sie tritt einen Schritt zurück. In Ruths Ohren rauscht ein Bach, den es nicht gibt, und er wird lauter mit jeder Sekunde, die Pola sie anstarrt. Sie dreht sich weg, aber Pola hält sie noch immer fest. Sie entfernen sich langsam von der Gruppe.

»Was ist eigentlich bei deiner letzten Untersuchung rausgekommen, Ruth?«

»Ein schlechtes Gesprächsthema am Tag einer Bestattung, findest du nicht? Wenn du es unbedingt wissen möchtest: Es ist alles in Ordnung.«

Pola zieht ihre Hand zurück, aber ihr Blick bleibt.

»Ich hab gehört, du warst gar nicht dort.«

Ruth wird der Brustkorb eng. Sie schnappt nach Luft.

»Wer hat dir das erzählt?«

»Ich habe Alev gefragt.«

Und wieder: Alev. Da vorne steht sie und lächelt, als ob alles beim Alten wäre und der Verrat nicht durch die Risse in ihrer Beziehung leuchten würde.

»Es geht mir gut. Warum Zeit und Geld verschwenden? Das bringt niemanden weiter.«

Freundschaften sollte man pflegen, das weiß Ruth, und doch sind es gerade die Freundschaften, bei denen die Selbstbeherrschung beiseitegeschoben wird. Wenn Ruth um ihrer selbst willen geliebt werden möchte, ist es das, was sie geworden ist? Eine ausweichende, schnippische Alte, die niemandem traut?

Pola bewegt sich nicht, sie wird nicht gehen, ja, auch als sie gegangen ist, ist sie geblieben, *du bist nicht allein*, aber geht sie wirklich noch immer denselben Weg? Ich werde ausgetauscht, denkt Ruth. Durch eine jüngere Version meiner selbst.

»Alev wartet schon auf mich«, sagt Ruth, jetzt deutlich sanfter. »Ich danke dir für deine Unterstützung, Pola. Aber ich bin müde. Lass uns ein anderes Mal weiterreden.«

Alev hat die Wagentür schon geöffnet, als sie sie erreicht. Eine lästige Liebenswürdigkeit, die sie nicht ablenken wird.

»Wir haben eine Vereinbarung, Alev«, sagt Ruth schroff.

Die junge Frau zieht die Schultern hoch, versteckt sich hinter dem Device, das sie immer in ihren Armen trägt, wie ein Baby, ein Kind, das sie nie haben wird.

»Mein Terminkalender, meine Entscheidungen, meine Gespräche – nichts von alldem geht nach draußen.«

»Aber ich...«

Ruth verträgt keine Widerrede, nicht jetzt.

»Warum weiß Pola von meiner Untersuchung?«

»Ich hab angenommen, du hättest es ihr erzählt.«

»Wie kommst du darauf?«

»Sie ist zu mir gekommen und hat gesagt, wie schade sie es findet, dass du die Untersuchung abgesagt hast. Und ich habe...«

»Was hast du?«

»Ich weiß es nicht mehr! Wahrscheinlich habe ich genickt.« Alevs Gesicht läuft rot an. »Es tut mir so leid, ich dachte, ihr hättet...«

Pola.

Pola, die kriegt, was sie will. Pola, die nicht weggeht, die sie beschützt. Ruth lacht, schüttelt den Kopf, und vorsichtig lacht Alev mit ihr. Was ist aus uns geworden?, denkt Ruth, eine Arbeitsbeziehung wie ein Minenfeld.

Wie Hitzewallungen kreist der Wüstenwind in Wirbeln um Ruth. Sie hält die Luft an. Jeder Atemzug bläst ihren Körper auf, fließt wie träge Flüssigkeit in ihre Arme und Beine und will sie nicht mehr verlassen. Ruth wischt sich den Schweiß von den Wangen, eine kratzige, sandige Berührung. Alev neigt den Kopf, und vorsichtig deutet sie: Steig doch ein!

»Es war eine harte Woche«, sagt Ruth. »Ich brauche Abstand. Ich werde doch schon heute rausfahren.«

»Die Termine morgen...?«

»Verschieb sie. Bitte.«

Einen Moment lang weiß Alev nicht, wohin mit sich, Ruth hat ihre Pläne umgeworfen, die Bahnen, die sie für Ruth vorgezeichnet hat und denen sie täglich folgt: Ruth ist ausgestiegen, ohne Vorwarnung. Alev wird sich damit abfinden. Beginnt sie doch schon, neue Bahnen für jemand anderen zu zeichnen. Und nein, Ruth braucht keine Hilfe beim Einsteigen ins Fahrzeug. Alev schließt die Tür hinter ihr. Durch die verdunkelten Scheiben sieht Ruth ihr milchiges Gesicht, platt und etwas verzerrt. Sie sieht die Verwirrung wie hektische Mücken im Blick der jungen Frau flirren.

Ruth legt ihre Hände aufs kühle Textil der Fahrzeugsitze. Sie streckt ihre Beine aus, genießt den Raum für vier, der ihr jetzt alleine gehört. Menschen sind nicht dafür gemacht, alleine zu sein, heißt es. Sie ist sich nicht sicher. Das Netz aus Verpflichtungen und Sorgen, die Fäden, die die privaten Gespräche ziehen – ja, wir sind eingehüllt, aber wir werden auch unbeweglich. Keine unserer Entscheidungen treffen wir aus eigenem, freien Willen, sondern wir drehen den Kopf in die Richtung, in die die Fäden uns lenken, wir strecken die Arme nur so weit aus, wie der soziale Kokon es zulässt. Ist es das, was Pola meint?, denkt Ruth. Dass ich es verdient hätte, loszulassen? Wie Licht und Schatten wechselt Ruths Blick auf die Freundin, wie vorüberziehende Wolken, getrieben vom Sturm, und Ruth könnte nicht mit Sicherheit sagen, wo Pola gerade steht: Im Hellen oder im Dunklen.

Ruth tastet nach dem harten Geflecht unter ihrer Achsel. Es hat sich nicht vergrößert, das gibt Hoffnung. Ihr Fahrzeug gleitet über menschenleeren Boden. Irgendwo da draußen steht auch Sineles Wagen und bringt sie zurück zur Natur.

Eine kurze Weile noch, dann ist Ruth endlich zu Hause.

Die Sicherheitstore erkennen Ruths Fahrzeug schon von Weitem. Die Schleusen öffnen sich und geben den

Weg zur Einfahrt frei. Ruth muss heute keinen Finger mehr rühren. In Schrittgeschwindigkeit fährt der Wagen den Schacht hinab, während sich die Tore hinter ihnen schließen und sie in Dunkelheit hüllen. Als er in der Parkposition angekommen ist, flackert eine Lichtschiene nach der anderen auf, wie Dominosteine bringen sie sich gegenseitig zum Leuchten. Die Türen des Wagens öffnen sich, und Ruth steigt aus.

Maria läuft ihr entgegen. Das Hemd ist lose zugeknöpft, sie war auf die frühe Ankunft nicht vorbereitet. Sie stammelt Entschuldigungen, aber Ruth winkt ab.

»Es ist alles in Ordnung. Ich habe die Woche nur früher beendet. Und machen Sie sich keine Umstände, Maria, ich brauche heute wirklich nichts mehr.«

Wenn es einen Vorteil hat, an oberster Spitze zu stehen, dann ist es der Luxus, Geheimnisse haben zu dürfen. Geheimnisse wie Maria und ihre Tochter. Geheimnisse wie diesen Ort hier. Das war Ruths Bedingung, damit sie nach vorne geht, in die erste Reihe. Und Pola, Farina und die anderen haben schlussendlich eingewilligt. Und danach nie wieder Fragen gestellt.

Ruth steigt die Treppen nach oben. Im Wohnzimmer am langen Esstisch steht ein Korb mit Wäsche, es liegt Obst und Gemüse auf Tüchern, bereit, verarbeitet zu werden. Maria huscht an ihr vorbei, sie beginnt, aufzuräumen, aber Ruth hält sie auf:

»Bitte. Tu so, als wäre ich nicht hier.«

23 Grad, so wie Ruth es liebt. Sie tritt ans Fenster, zieht den Vorhang zur Seite: Grün über grün mit Lichtblitzen aus gesprenkeltem Diamant. Wie in Zeitlupe schwanken die Bäume des Waldes hin und her. Ein Luxus, in ihrer Nähe sein zu dürfen, und ein noch größerer Luxus, in den Abendstunden ihre Schatten in die Zimmer fallen zu sehen. Ruth öffnet das Fenster, und der Timer

beginnt zu laufen. Zwanzig Sekunden bekommt sie, mehr nicht. Die Hitze, die ihr entgegenschlägt, trägt Gerüche in sich, von Moos und feuchten Blättern, von Harz, das goldschimmernd unter den Rindenschuppen hervorquillt und das dir die Finger verklebt, wenn du versuchst, es abzukratzen, Ruth hört das Lachen ihrer Kindheit, sie spürt den stacheligen Waldboden unter den Füßen, sie atmet ein und sie atmet zum ersten Mal an diesem Tag wirklich aus.

Ein Signalton: Die zwanzig Sekunden sind vorbei und das Fenster schließt sich wieder. Aus den Lüftungs- schlitzen fällt kühler Rauch in den Raum, die Anlage läuft auf Hochtouren, um den kurzen Moment Glück wieder auszumerzen.

Maria hält sich nicht an Ruths Bitte. Mit einem Glas Wasser steht sie neben ihr.

»Danke. Wo ist …?«

Marias Kinn macht eine kleine Bewegung, deutet in den hinteren Teil des Hauses.

»Ich danke dir«, sagt Ruth, noch einmal. »Für alles.«

Keine Hast. Keine Eile. Sei bei dir, wenn du den Raum betrittst, das hat sie über die Jahre gelernt. Sie drückt vorsichtig die Türklinke nach unten. Auch dieses Zim- mer hat ein Fenster mit Blick auf die Wälder. Der sam- tene Ohrensessel ist Richtung Fenster geschoben wor- den, auch der Hocker steht dort, hält die kraftlosen Beine in angenehmer Höhe. Die wenigen Haare am Kopf ragen zerzaust in die Luft, überragen die Kante der Rücken- lehne wie vertrocknetes Gras auf einer Ebene.

Auch Ruths Beine sind schwer, und sie nutzt das. Sie tritt fest auf, geräuschvoll, sie will gehört werden, will niemanden erschrecken. Ein Knarzen am Sessel signa- lisiert ihr, dass sie wahrgenommen wurde. Die Hand auf der Lehne, die große, fleckige alte Hand, streckt sich ihr entgegen, und Ruth nimmt sie in ihre, küsst sie. Auch, wenn alle Erinnerungen wie loser Sand durch die Synapsen gerieselt sind, nichts übrig gelassen haben im Hohlraum dieses Schädels, sind es die Berührungen, die Sicherheit geben und die wir nicht vergessen. Ruth legt die große Hand an ihre Wange und sagt:

»Mein lieber Simon, wie geht es dir heute?«

17

Die Überbringer schlechter Nachrichten sind im Allgemeinen nicht die beliebtesten Menschen. Pola ist diese
Rolle gewohnt. Und sie freut sich, Duma zu sehen. Die
vielen gemeinsamen Jahre machen dich weich, denkt sie.
Wenn du das Lachen und das Weinen eines Menschen
mit Mitte 20 gekannt hast, dann kannst du ihm dreißig
Jahre später vieles verzeihen. Gerade bemerkt Pola, dass
ihr das Atmen schwerfällt, da ertönt schon das Warnsignal an ihrem Handgelenk. Der Weg durch die Stadt
wird heute mit Gesichtsmaske bestritten. Pola zieht sie
aus ihrer Tasche, stülpt sie über Nase und Mund, atmet
den Duft der lebensfördernden Desinfektion. Mit kontrolliert zügigen Schritten bewegt sie sich zwischen den
Glasfronten der Lokale, wo Frauen plaudernd und wild
gestikulierend beieinandersitzen.

Ich bin zu spät, denkt sie, als sie die große Uhr an
der Häuserwand sieht. Neben der Zeit, die schon zu weit
fortgeschritten ist, blinken die viel zu hohen Luftwerte.
Die Hydrokulturen wehen im Wind, Zweige und Blätter wie hilflos schaukelnde Arme, als wollten sie sagen:
Schau uns nicht so an, wir tun unser Bestes.

Die Straße verengt sich, und Pola denkt: Sie haben
umgebaut. Das Café Zentral wird seinem Namen ge-
recht, denn der Glaskubus ist nach vorne gesetzt und
reicht bis in die Straße. Als würde man im Freien sitzen. An regnerischen Tagen werden die Seiten geöffnet
und dann ist es nicht nur ein *Als ob*. Kubus über Kubus,
kleine Kästchen, die sich unter den Kuppeln stapeln, für
die bestmögliche Lebensqualität. Genau das, was wir uns
gewünscht haben, denkt Pola, in den chaotischen ersten
Tagen dieser neuen Weltordnung, wo wir Metallwürfel

auf dem Tisch hin- und hergeschoben haben, um Bereiche zu definieren und Gebiete aufzuteilen. Was bleibt im Licht, was kommt in den Schatten? Schwarze Fingernägel und dunkle Ränder am Haaransatz, weil es kein Wasser gab. Dunkle Ränder auch unter den Augen, weil Schlaf genauso fehlte. Und streiten, streiten: bis spät in die Nacht daran zerren, was bleibt und was gehen muss. Und so viel Kraft. Wie gern würde sie Ania von diesen ersten Tagen erzählen. Jetzt wirken sie so einig, so sauber und ja, antriebslos. Ania hätte sie damals sehen sollen. Allen voran Duma, mit ihrem Schraubenblick und dem drahtigen Hals. »Sie oder ich!«, schrie sie – Pola sieht sie vor sich, eine wandelnde Wunde, entzündet, voller Feuer. »Wenn ihr sie zurückholt, bin ich nicht mehr da.«

Niemand hatte Interesse daran, sie zurückzuholen. Sie mussten es trotzdem diskutieren. Sie brauchtes Ordnung im Chaos. Einen Beschluss, um sie zu den Akten legen zu können. Um sie vergessen zu dürfen. Duma hat nicht vergessen. Ihre Wut von damals beschämt sie heute. Und über die Jahre hat sie sich ein Haus in ihrem Körper gebaut, ist breiter geworden als Schutz für sich selbst.

Ein Kind klebt an einer Scheibe und presst die Hände gegen das Glas. Zieht das Gesicht nach unten und drückt die Nase platt. Pola zwinkert ihm zu, unaufmerksam: Fast wäre sie gegen die Metallstreben gerannt, die mitten auf der Straße stehen. Es ist so hell hier. Pola hebt den Kopf und sieht, dass sich quer durch die Kuppel über ihr ein Riss zieht. Gleißend fällt das Sonnenlicht wie eine zwei Meter dicke Luftmauer herein. Ein Sonnensegel flattert auf staksigen Stangen, um die anliegenden Häuserfronten vor den Strahlen zu schützen.

Duma hatte Angst, letztens. Diese Angst hat Pola lange nicht mehr bei ihr gesehen.

Duma hatte Angst vor Ruth.

Pola holt Luft, so tief es durch die Schichten an Textil vor ihrem Mund geht. Die Fasern unserer Welt werden brüchig, sie reißen auf, und wir spüren die Hitze schon hereinfließen. Es ist nicht Dumas Illoyalität. Wie leicht, sie jetzt zu kritisieren, jetzt, wo sie sich wieder einmal als Erste vorgewagt hat. Duma kennt die Konsequenzen ihres Handelns. Vielleicht hat ein tiefer Wunsch sie getrieben. Vielleicht wollte sie nicht mehr. Ja, vielleicht ist die schlechte Botschaft heute sogar eine gute, denkt Pola. Duma wird in einem Kubus sitzen, dick und unbeweglich, und sie wird sich umsehen und es wird genauso sein, wie sie es sich immer vorgestellt haben. Und sie wird auf ihr Urteil warten.

Polas Herzschlag erhöht sich. Sie muss langsamer gehen, sonst kommt sie heute nicht mehr an. Sie wischt sich über die nasse Stirn, trocknet den Handrücken an ihrer Bluse ab. Ein Klacken, eine Spiegelung, die einen Blitz über die Mauern wirft: Eine Frau in einem blauen Kaftan verlässt ein Lokal, und durch die geöffnete Tür hört Pola die melancholischen Bässe eines Liebeslieds. Es ist falsch, denkt Pola, Angst vor Ruth zu haben. Das sollte nicht sein. Und doch kenne ich das Gefühl.

Ruth.

Die Konsequenteste von uns allen.

Ich werde ihren Wunsch ausführen, denkt Pola. Wieder einmal. Sirouk und Farina, es ist mit ihnen abgesprochen, und sie sind der gleichen Meinung. Die Regeln sind klar. Wir machen die Regeln, wir halten uns an die Regeln, wir kennen die Konsequenzen. Und manchmal zerbrechen wir daran.

18

Systematische Übergabegespräche, Teil 5: Aquatechnik. Die Delegierte der Küsteneinheit liefert ihren Bericht ab. Sie darf mit am Tisch sitzen, schaut einmal Ania an, einmal Ruth. Ihre Ausführungen sind kompakt, sie ist beflissen, aber auch verwirrt: Wem präsentiert sie das hier? Der alten oder der neuen Führung?

Sie zeigt Bilder, es sind Drohnenaufnahmen der Küstenregion. Die braunsandigen Landflächen sind von den Algenteppichen kaum zu unterscheiden. Farina kneift die Augen zusammen, um schärfer sehen zu können. Sie sagt: »Ist der Steg noch im Wasser oder an Land?«

»Im Wasser, allerdings bei einem Dichtegrad von 76 %. Eine Folge der Eisenanreicherungen der letzten Jahrzehnte. Der Plan, durch Fotosynthese CO_2 zu reduzieren, ging leider nach hinten los. Der Meeresboden darunter weist kaum noch Spuren von Leben auf.«

»Wie viele Saugroboter sind im Einsatz?«, fragt Pola.

»Insgesamt, oder im Areal 7-2?«

»Insgesamt.«

»Achtzehn, wobei wir zu zweien den Kontakt verloren haben. Im Westen hat einer die schweren Unwetter Anfang des Jahres nicht überstanden. Wir haben die Teile geortet und werden sie hoffentlich bei einer der nächsten Sondierungsausfahrten bergen können.«

Die Delegierte legt die Fingerspitzen aneinander. Sie sagt:

»Was ich brauche, ist eine Prioritätensetzung für die kommenden fünf Jahre.«

Dabei schaut sie klar in Anias Richtung. Ruth lässt Ania keine Zeit, um zu antworten. Schnell sagt sie:

»Wie weit sind wir mit den Vegetations-Züchtungen im Labor?«

»Hinter den Erwartungen. In frühestens zwei Jahren sind wir bereit zur Ansiedlung.«

Ruth tastet nach Alevs Unterarm zu ihrer Rechten, klopft darauf und sagt: »Gib Ania alle Unterlagen zu den Meeresplantagen.«

Ruth lächelt Ania an, volle Breitseite:

»Das wird dein erstes großes öffentliches Projekt nach deinem Antritt.«

Ania nickt höflich, sie lächelt, sie neigt den Kopf. Sie tut das, was Menschen tun, wenn sie guten Willen signalisieren möchten. Eine Mauer guter Manieren, die ihr Deckung gibt und den Tumult in ihrem Inneren kaschiert. Sie versucht, an diesem Tag wenig zu sagen und doch präsent zu sein. Nicht aufzufallen. Wenn Ruth das Spiel weiterspielt, dann wird sie mitspielen. Ania kennt die Regeln, sie hat sie in ihrer Kampfausbildung gelernt: Du siehst die Gegnerin, du spiegelst ihre Bewegungen. Macht sie einen Schritt nach links, wirst du das ebenfalls tun. Geht sie nach rechts, ebenso. Bis zu dem Moment, wo ihr Körper instinktiv Vertrauen fasst: genau dann scherst du aus und überwältigst sie. So lange reagieren, bis der Moment zum Agieren gekommen ist. »Du bist zu ungeduldig«, sagte ihre Ausbildnerin. »Du löst dich zu früh.«

Ania nimmt einen tiefen Atemzug, lächelt, setzt sich aufrecht hin. Sie denkt an Carmen. Schwarze Augen, und der Flaum an ihren Ohren. Die kleine Kugel in ihrem Bauch. Ja, Ania muss geduldig sein. Sie hat genügend Gründe.

Der offizielle Teil ist erledigt, die Delegierte wartet auf Anweisungen. Sie schaut in die Gesichter. Die alten Fingerknöchel klopfen auf den runden Tisch: Es war eine beeindruckende Darstellung der Situation. Ruth sagt:

»Danke für die wichtige Arbeit, die ihr leistet. Die Meere sind ein essenzieller Bestandteil des Klimas dieser Welt. Viel zu spät haben wir das erkannt. Jede Stunde, die ihr investiert, rettet ihr ein Menschenleben. Und wir wissen doch: Jedes Leben zählt.«

»Und jedes ist gleich viel wert«, sagt Ania.

Für die Delegierte muss es klingen, als hätten sie es geplant, als wäre es der Tanz der geordneten Übergabe, ein gut koordinierter Abschluss. Doch Ania sieht Ruths Kinn nach vorne schnappen, sie sieht die gespannten Sehnen an ihrem Hals. Ania hat die Tanzfläche verlassen.

Ruth bedankt sich, also tut es auch der gesamte Rat. Die Anweisungen werden schriftlich erfolgen, die Sitzung wird geschlossen. Ruth schickt alle fort, nur Ania soll noch bleiben. Auch das wirkt nicht ungewöhnlich. Die Einzige außer den beiden, die versteht, dass sich der Wind gedreht hat, ist Alev, die ebenfalls den Raum verlassen muss.

Ania verschränkt die Arme vor der Brust.

Ruth sagt: »Warum unterstellst du mir, ich würde Menschenleben nicht gleich bewerten?«

Ania schweigt. Sie fühlt das Schweigen in ihrem Rücken aufsteigen wie Flügel, riesengroß.

Ganz leise, fast flüsternd, sagt Ruth:

»Nicht ich habe diese Entscheidung getroffen. Es war die Natur. Wir wissen nicht genau, warum, aber es muss Gründe gegeben haben. Die Spezies Mensch hat die wunderbare Eigenschaft, sich anzupassen. Und das, was wir jetzt sind, was wir geworden sind, ist eine bessere Welt. Eine friedlichere. Eine Welt mit einer kleinen, aber doch vorhandenen Chance auf eine Zukunft. Ich werde nicht diejenige sein, die Mutter Natur ins Handwerk pfuscht.«

Ihre Sätze klingen wie einstudiert, denkt Ania. Längst schon geht es ihr nicht mehr um die Androtoken und deren Rekreation, Ania hat noch nie in ihrem Leben einen gesehen, warum sollte sie jetzt ihr eigenes für sie aufs Spiel setzen? Nein, Ania kämpft um die Wahrheit, die hinter dieser Frage steckt. Ruth behält die Kontrolle, immer. Und Ruth entscheidet, welches Leben lebenswert ist. Sineles war es ganz offenbar nicht. Ist es ihr eigenes – wert, erhalten zu bleiben? Ania hat keine Angst mehr. Carmen ist in Sicherheit. Und sie hat jetzt einen Punkt überschritten, sie kann nicht mehr zurück. Wenn du weißt, dass du diese, *ihre* Wahrheit nicht leben kannst, dann gibt es nur den Weg nach vorne. Sie sagt:

»Aber du tust es. Du pfuschst Mutter Natur ins Handwerk.«

Ruth ist eine besondere Gegnerin, in jeder Hinsicht. Ania hat sich den üblichen zischenden Konter erwartet. Doch Ruth seufzt, die Schultern sacken ab. Sie sagt: »Du wirst in diesem Amt deine Entscheidungen nicht alleine treffen.«

»Du machst das ja auch.«

»Irgendwann, wenn du genug Erfahrung hast, werden sie das auch dir zugestehen. Aber jetzt noch nicht. Du bist zu schnell. Nur mit der Ruhe.«

Anias wunder Punkt – Ruth trifft ihn mit der Präzision einer Fechterin.

»Wenn ihr auf der Suche nach einer Marionette wart, warum habt ihr dann mich genommen? Für diese Spiele bin ich ungeeignet.«

»Ja, das ist nicht zu übersehen«, sagt Ruth. Sie schmunzelt, und Ania spürt Säure in ihrem Hals aufsteigen.

Ruth sagt, und sie meint es versöhnlich:

»Wir leben in einem extrem empfindlichen Ökosystem. Das, was du vorhast, würde alles aus der Balance bringen.«

Noch einer dieser vorgestanzten Sätze, denkt Ania, und ich verliere den Verstand.

Sie schreit: »Was ist, wenn mit den gekühlten Containern in den Samenbanken irgendetwas passiert? Stromausfälle, Überschwemmungen, Überhitzung… es kann so vieles sein!«

Ruth ignoriert sie. Je lauter Ania wird, desto gelassener streckt sich Ruth auf ihrem Sessel aus. Ania sagt:

»Es wären unsere Kinder. Wir würden sie erziehen.«

»Und sie würden trotzdem zu Männern heranwachsen.«

»Wir könnten sie formen!«

Ruth lacht, die Augen halb geschlossen.

»Biologie frisst jede Sozialisation zum Frühstück, Ania.«

Anias Fingernägel graben sich in die Haut ihrer Unterarme. Es brodelt in ihr.

»Dir kann das alles egal sein. Du bist alt. Aber wir brauchen sie! Zukunft geht nur gemeinsam!«

»Wir haben alles, was wir brauchen. Lass dir von niemandem einreden, dass du es ohne sie nicht schaffen würdest.« Als wäre Ania ein kleines Kind, schürzt Ruth jetzt ihre Lippen und lächelt sie an. Das ist zu viel für Ania.

»Sag es mir, Ruth, ich versteh es nicht!«, schreit sie. »Haben sie dich verletzt? Haben sie dir was weggenommen? Was ist an den Androtoken so schrecklich gewesen, dass du einen Neuanfang nicht einmal in Erwägung ziehst?«

Dieser Satz trifft Ruth, denn Ania sieht die Deckung in Ruths Augen und an der Kante ihres Kieferknochens zerfallen. Ein nacktes Gesicht starrt sie an, und: Kann das sein, ist das Angst in ihrem Blick?

Ruth sagt: »Du hast nicht gesehen, was ich gesehen habe.«

Ania steigt nicht darauf ein. Jetzt ist sie es, die sich streckt. Ihr Schweigen schlägt einmal mit den Flügeln, und die Wut packt Ruth, setzt ihre Wirbel aufeinander, einen nach dem anderen, gerade wie eine Lanze sitzt Ruth jetzt da. Durch ihre gespannten Lippen hindurch sagt sie:

»Keine 20 Jahre geb' ich dir. Und es wird sich langsam einschleichen, kaum zu bemerken. Am Anfang wirst du es vielleicht erfrischend finden: Die Energie! Der Zug zum Tor! Und wenn du verstehst, was du getan hast, wird es zu spät sein. Frag die Frauen mit den Alpträumen! Frag die Ehefrauen von damals! Frag die Alleinerzieherinnen! Frag sie, alle werden sie dir das gleiche sagen!«

»Was ist eine Alleinerzieherin?«, fragt Ania. Sie unterbricht Ruth in ihrem Redefluss, reißt sie aus ihren Gedanken und Erinnerungen. Entgeistert starrt sie Ania an.

»Genau das ist der Grund, warum du keine Entscheidungen treffen solltest«, sagt Ruth trocken.

»Was ist eine Alleinerzieherin?«, wiederholt Ania ruhig.

»Eine Frau, die sich allein um ihre Kinder kümmern muss.«

»Warum?«

»Was – warum?«

»Warum habt ihr euch nicht zusammengetan, wie wir jetzt?«

Ruth lacht verächtlich. Sie schüttelt den Kopf.

»Glaubst du wirklich, ihr hättet euch das ausgedacht? Weißt du, wer die Mehrfach-Modelle eingeführt hat?«

Ania wird sich nicht ablenken lassen. Sie darf nicht auf Ruths Allmacht in dieser Welt einsteigen, nicht jetzt.

»Es hat auch damals schon genug von uns gegeben«, sagt Ania. »Warum habt ihr euch nicht zusammengetan?«

»Das haben wir!« schreit Ruth. Ihre halblangen grauen Haare fallen ihr ins Gesicht.

»Warum sind manche dann allein geblieben?«

Ruth steht auf. Sie schlägt mit beiden Handflächen auf die Tischfläche, dass es knallt.

»Du verstehst nichts!«, schreit sie. »Nichts! Wir waren Gefangene eines Systems.«

»Aber ihr konntet doch frei wählen, wie ihr leben wollt?«

Als würde sie mit jemandem reden, der ihre Sprache nicht spricht, wiederholt Ruth langsam:

»Du hast nicht gesehen, was ich gesehen habe.«

Ania hat genug vom Drama vergangener Zeiten, sie verachtet die Angst der Alten. Und sie sieht Ruth gebrochener als je zuvor. Jetzt ist der richtige Moment. Sie fragt:

»Was hat Sinele gewusst?«

»Wovon redest du?«

»Warum ist sie tot?«

Ruth lacht, kurz und irre. Sie sagt: »Du weißt, warum sie tot ist, oder?«

»Du wirst mir keine Angst machen, Ruth. Eine neue Zeit wird kommen. Mit mir als Nexus. Was hat sie gewusst?«

Ruth mustert Ania, ihr zerknautschter Blick wandert von der Stirn zu den Ellbogen und zurück, als würde sie etwas auf Anias Oberfläche suchen, das diese Frage erklärt. Das den Menschen erklärt, der vor ihr sitzt und so anders ist als sie selbst.

Dann schließt Ruth die Augen, lockert die Brauen. Sie öffnet sie wieder und schaut starr auf die metallene Sonne an der Wand.

Sie sagt: »So geht das nicht.«

Und Ruth steht auf und geht.

Manchmal braucht es kein Klirren, um zu wissen, dass etwas zerbrochen ist. Der Versuch der geordneten Übergabe ist gescheitert. Wenn Ania noch einen Beweis dafür sucht, dann ist das Ruths zerknitterter Rücken, der jetzt den Raum verlässt. Sie oder ich, denkt Ania. Darauf läuft es hinaus und es gibt kein Zurück mehr.

Du löst dich zu schnell. Nicht nur das, sie hat auch ihre eigene Rückendeckung vergessen. Die großen Kämpfe gewinnst du nicht alleine. Wem kann sie jetzt noch trauen? Alev, vielleicht. Und Pola?

Ania springt auf, rennt aus dem Plenum. Ihre Schritte hallen auf dem steinernen Gang wider. Wenn sie Glück hat, sitzt Pola in einem der Arbeitszimmer. Allein. Pola ist ihre einzige Chance, und sie wird alles auf diese eine Karte setzen.

Ania klopft, öffnet die Tür. Pola sitzt an einem Tisch und liest. In Streifen fällt ihr das gefilterte Licht über die Schultern. Sie hebt den Kopf und lächelt sie an.

»Ania, was kann ich für dich tun?«

Mondschein auf sandigen Flächen und dein Schatten, der sich von den Kuppeln löst. Ania holt Luft. Sie setzt sich auf den Stuhl vor dem Tisch. Ihre Hände quetschen sich zwischen ihre Oberschenkel, vergraben sich im Stoff ihrer Hose. Pola verfolgt jede ihrer Bewegungen, sie sieht, wie sie versucht, sich in sich selbst zu verstecken. Haltung, denkt Ania. Sie holt die Hände wieder raus, streckt den Rücken durch. Sie legt ihre Hände auf ihren Bauch: Diesen Wall kann sie gut gebrauchen.

Sie versucht, so ruhig wie möglich zu sprechen. Trockener Speichel klebt ihr an den Zähnen.

»Ruth belügt dich«, sagt Ania. »Uns alle.«

Polas Augenbrauen wandern nach oben. Ihre Stirn wirft Falten. Der rote Strich ihres Mundes: Ein Vorwurf, noch nicht ausgesprochen.

»Was meinst du?«

»Es gab Probleme bei der Ernte auf den Südfeldern. Ich war dabei. Ruth hat Sinele gedroht. Und ein paar Tage später ist sie tot.«

»Was willst du damit sagen?«

»Dass Ruth…« Ania stockt. Pola wartet, doch Ania schweigt. Ihr Herz klopft bis zum Hals.

Pola beendet Anias Satz: »… sie umgebracht hat?«

Ania nickt. Pola lacht laut auf, legt aber sofort die Hand auf den Mund und senkt entschuldigend den Kopf.

»Sinele hat sich selbst das Leben genommen«, sagt Pola. »Das ist sehr bedauerlich und es ist schwer zu verstehen. Aber es ist ein Fakt. Wir müssen daraus jetzt keine Schauermärchen basteln.«

»Bitte, Pola. Ich bilde mir das nicht ein. Ruth hat auch mir gedroht. Sie hat gesagt, dass unserem Baby etwas passieren könnte.«

Pola schüttelt den Kopf. Sie lehnt sich auf dem Stuhl zurück und wedelt mit den Händen vor ihrem Gesicht. Schüttelt das Gehörte ab.

»Das ist lächerlich«, sagt sie. »Warum sollte sie sowas tun?«

»Weil ich…«

Ania zögert. Pola ist Ruths engste Vertraute. Eine, die so fest auf ihrem Platz sitzt wie keine andere. Duma, denkt Ania. Duma. Aufgeschürfte Ellbogen und leere Stühle. Das wird ihr, Anias, Ende. Oder der Beginn.

»Weil sie weiß, dass ich mit Sinele Kontakt aufgenommen habe. Was sagt dir CCP450-X?«

Ein Funke huscht durch Polas Augen, ein Blitz, den nur sieht, wer sich verzweifelt an seinen eigenen Wunsch klammert, nicht abzustürzen.

Pola sagt: »Ach, Ania.«

Sie greift nach einem bunt gemusterten Päckchen vor ihr am Tisch, Koffeinbonbons, sie nimmt sie in die eine, dann in die andere Hand. Als würde sie sie wiegen, lässt sie das Päckchen hin und her gehen. Ihr Blick ist angespannt, doch unfokussiert: die Gedanken bei etwas, das sich nicht in diesem Raum befindet. Dann nimmt sie eines der Bonbons aus der Packung und steckt es sich in den Mund.

»Du verrennst dich da in etwas, Kind«, sagt sie, mit Wasser zwischen den Wörtern. Sie schluckt den Speichel hinunter.

Ania bleibt hart: »Du weißt, was Sinele damit gemeint hat, oder?«

Pola schüttelt den Kopf.

»Ich hab keine Ahnung. Was soll das auch sein? CP irgendwas? Das ergibt doch keinen Sinn.«

Sie beugt sich über den Tisch und legt ihre weiße Hand auf die graue Oberfläche, ganz nah bei Ania. Sie sagt süßlich:

»Vielleicht hat sich Sinele auf der Tastatur vertippt. Und du vermutest gleich eine Weltverschwörung.«

Auch ohne Berührung spürt Ania, wie die umgarnenden, beschwichtigenden Finger sie nach unten drücken. Pola ist im Begriff, eine Tür zu schließen, ihre Tür nach draußen. Ania schreit:

»Sinele war außer sich! Sie hat Ruth angebrüllt, dass sie etwas öffentlich machen wird. Und ich muss wissen, was sie gemeint hat!«

»Wann war das?«

»Auf der Plantage. Als wir wegen der Plage dort waren.«

Pola lehnt sich zurück. Jetzt wird ihre Stimme ernst.

»Welche *Plage*?«

»Die…« Ania sucht nach Worten, sieht die weißen Kügelchen an den Wurzeln vor Augen, doch sie hat keine Begriffe dafür. Sie schämt sich für ihre Naivität. Vermutlich würde sie sich selbst nicht glauben.

»Der Ernteausfall! Ich sag doch: Sie belügt euch!«, schreit sie. Ihr Gesicht ist heiß.

Pola lässt den Kieferknochen kreisen, während sie am Bonbon lutscht. Dann greift sie zur Tasche, die vor ihr am Tisch liegt. Sie holt ein Tuch heraus, in das sie das halbgelutschte Bonbon spuckt, sie faltet das Tuch zusammen und tupft sich die Mundwinkel. Mit der Zunge fährt sie sich über die Vorderzähne. Ihre Augenbrauen sind ein Strich, zusammengezogen und düster, und ihre Augen dunkle Schlitze. Weg ist die Offenheit von vorhin. Sie sagt:

»Jetzt hör mir mal zu, Ania. Du sprichst hier von Ruth. Ich weiß, der Druck auf dich ist gerade sehr groß. Aber das, was du hier sagst, ist inakzeptabel. Es ist paranoid. Und es könnte schwerwiegende Konsequenzen für dich haben. Deshalb wirst du jetzt nach Hause gehen, dich schlafen legen und versuchen, wieder zur Besinnung zu kommen. Du wirst niemandem einen Grund geben, an dir zu zweifeln.«

Energisch packt Pola jetzt Dinge in ihre Handtasche, sie räumt den Tisch leer und schließt den Reißverschluss. Sie sieht Ania nicht mehr an, als sie sagt:

»Dein Glück ist, dass ich eine vergessliche alte Frau bin. Dieses Gespräch hier hat nie stattgefunden.«

Anias Tür nach draußen: Pola hat sie ihr direkt ins Gesicht geschlagen. Ania ist ausgebremst, wund und taub. Ihr Fokus und ihre Wut fallen zu Boden wie feiner Regen. Ania sieht Pola dünn lächeln und aufstehen, also steht sie auch auf. Sie spürt eine Hand auf ihrem Schulterblatt, die ihren Körper dreht und zur Tür schiebt. Sie hört ihre eigenen Schritte, als wären es die einer anderen. Sie hört Pola, die sagt: »Alles Gute, Ania.«

Und die die Tür hinter ihr schließt.

Sie sieht einen Gang aus Stein, mit Fenstern aus buntem Glas, das Geschichten erzählt, die sie nicht versteht. Und Ania weiß, dass ihre eigene Geschichte hier zu Ende sein wird. Sie hat sich gerade selbst ausgeliefert.

19

Ich bin so müde, denkt Ruth. Sie lehnt sich auf ihrem Stuhl zurück, legt den Kopf in den Nacken. Die Jäger über ihr heben die Arme, wie sie es immer tun, impulsiv und kraftvoll in ihrer hölzernen Erstarrung. Rehe springen über Hecken und verstecken sich im Dickicht, die geschnitzten Szenen schließen den Kreis des Lebens, bis ein paar Tafeln weiter die Jäger knien, die ausgestreckte Hand am Maul des toten Tiers, ein Zweig: Der letzte Bissen, nur männlichen Tieren vorbehalten. Sogar im Morden haben sie sich noch selbst gekrönt, denkt Ruth.

Jetzt, am Ende des Tages, färbt die tiefstehende Sonne die Holzvertäfelung ihres Arbeitszimmers orange. Dann brennen die Tannen und Fichten über ihr, die Jäger treten auf Steppengräser und die Haut an ihren Händen, ruhend auf Gewehrläufen, scheint sich vom Fleisch zu lösen. Nur die, die es nicht wert waren, an einer Zimmerdecke verewigt zu werden, sind sicher.

Es klopft an der Tür. Ruth richtet sich auf, und sie spürt die Punkte hinter ihren Augäpfeln tanzen. Sie sollte mehr trinken, die Schwindelanfälle werden in letzter Zeit häufiger, doch wer weiß. Wasser kann nicht alles heilen.

»Ja bitte?«

Pola steht im Rahmen, den Griff fest in der Hand.

»Hättest du noch Zeit?«

Ruth deutet ihr, Platz zu nehmen. Pola lächelt sie an und schreitet durch den Raum. Auch sie dreht den Kopf zu den Schnitzereien.

»Wie schön dieses Zimmer am Abend leuchtet«, sagt sie. Sie sagt es langsam und ruhig, so, als hätte es mit etwas Größerem zu tun. Als würde sie auf einen Höhepunkt hinarbeiten.

»Wie geht es Duma?«, fragt Ruth.

Pola setzt sich und legt ein Bein über das andere. Sie nickt in großen Gesten.

»Den Umständen entsprechend gut. Sie gewöhnt sich an ihren neuen Namen.«

»Wird sie…?«

Pola schüttelt den Kopf.

»Nein, nein. Es ist okay für sie. Sie ist sogar erleichtert. Sie hat gemeint, sie hätte die Verantwortung nicht mehr ertragen.«

Ruth lacht böse.

»Welche Verantwortung?«

Pola bleibt ernst. Mit einem Eichentisch Entfernung zwischen ihnen sagt sie:

»Du weißt, was ich meine, Ruth. Sie hat das Gefühl nie abschütteln können, dass wir sie ihretwegen nie zurückgeholt haben.«

»Menschen nehmen sich selbst zu wichtig. Das war schon immer das Problem.«

Pola lächelt sie sanft an, ohne Schlagfertigkeit, ohne Schärfe. Sei auf der Hut, denkt Ruth. Wenn sie beginnen, nett zu dir zu sein, dann ist es bald vorbei.

»Was kann ich für dich tun, Pola?«, sagt Ruth.

»Wie hat Sinele es rausgefunden?« Pola sagt es lapidar, wie nebenbei. Das größte Geheimnis ihrer beider Leben, das Band, das sie zusammengehalten hat, trotz aller Affären und Demütigungen, trotz Zorn und Krankheiten. Sie spricht es aus, als wäre es nichts. Darin liegt ihre Größe, denkt Ruth. Daran erkennst du die Königin. Warum sollte sie, Ruth, auch nur versuchen, es abzustreiten?

»Eine Unachtsamkeit meinerseits«, sagt Ruth. »Eine Berechtigung zu viel. Sie war beruflich auf einem guten Weg, und ich… ich wollte ihr helfen. Aber dann hat sie begonnen herumzuschnüffeln.«

»Hast du versucht, es ihr zu erklären?«

»Ja«, sagt Ruth, »aber sie …« Ruth tippt mit dem Zeigefinger auf die Tischplatte. Sinele wollte zu viel, denkt sie. Glas-Kinn. Ein schlauer Kopf auf einem schönen, störrischen Hals. Ruth schaut an die Decke. Das tote Reh verdreht die Augen. Ruth denkt an Ania, wie sie hier im Raum gestanden ist, den Kopf im Nacken und die Augen riesengroß. Ruth sagt:

»Woher weißt du davon?«

Pola lächelt, wieder: unangebracht nett. Sie, Ruth, die kranke Kuh.

»Ich hatte so eine Ahnung«, sagt Pola. »Wer bringt sich denn heutzutage noch um?«

Sie spricht auch das aus, als würde sie über Nachspeisen reden. Süßes Lächeln und Honig in den Augen. Pola, die so orange glüht wie der Raum.

»Sie wollte dich erpressen, oder?«

Der Boden beginnt zu schwanken, die Dielenbretter ziehen sich zusammen und werden dünn wie Pergament. Noch hat der Moloch sie nicht verschlungen, aber Ruth hört schon die Balken brechen. Und Pola fragt:

»Was ist auf den Südfeldern passiert?«

Ruth spürt ihr Herz absacken. Ania, denkt sie. Pola steckt mit Ania unter einer Decke. Es gibt keine andere Möglichkeit für Pola, das zu wissen. Pola hätte sie verstanden, früher hätte sie sie verstanden, und wenn es Ania und die verfluchten hundert Tage nicht gegeben hätte, vielleicht hätte sie Pola von Anfang an eingeweiht. Noch ist es nicht zu spät. Pola sitzt hier. Sie bleibt. Pola sitzt hier und starrt sie an, und, zum Glück, das dämliche Grinsen hat sie abgelegt, jetzt zittern ihre Lippen, denn gemeinsame Geheimnisse aufzuwärmen, das tut niemandem weh, nur neue Geheimnisse sind nicht zu ertragen.

»Was soll passiert sein?«, sagt Ruth und lächelt.

Das Wasser glitzert in Polas Augen. Sie schüttelt den Kopf, dann stürzt sie ihn in ihre Handflächen, ihre Haare fallen nach vorn, ein Meer aus Lichtreflexen, und sie beutelt sich, als würde sie die Flammen abwehren.

»Warum, Ruth?«, schreit sie jetzt auf einmal, weg sind Honig und Zucker, und sie steht auf, geht im Raum auf und ab. »Warum machst du sowas?«

Ruth beobachtet sie, aus dem Dickicht ihrer Finger vorm Gesicht, ist sie Jägerin oder doch Gejagte?

»Was mach ich?«

Pola geht, nein sie rennt diese zwei, drei Schritte zu ihrem Tisch, und ganz nah an ihrem Gesicht schreit sie:

»Wie konntest du, Ruth!«

Eine Grenzüberschreitung, Ruth fühlt, wie ihr die Fassung aus den Fingerspitzen rinnt, sie schreit:

»Sie wollte unsere gesamte Ernte halbieren! Nur wegen ein paar Käfern. Ich hab ihr angeboten, es zu regeln. Aber sie war zu stur!«

»Wie wolltest du es regeln?«

»Du weißt ganz genau, wie ich solche Dinge regle, Pola.«

Pola starrt sie an, das Weiß ihrer Augen im starken Kontrast zu ihrer geröteten Haut.

»Du warst wieder im Labor«, sagt Pola. Dieser pathetische Unterton, denkt Ruth. Sie sagt:

»Es war keine große Sache. Aber Sinele ist misstrauisch geworden. Pola, vielleicht hast du mich eben nicht richtig verstanden: Die Hälfte! Der gesamten Ernte! Weißt du, was das bedeutet hätte?«

»Was hätte es bedeutet? Dass wir streiten, dass wir Kompromisse schließen müssen! Aber nicht, dass wir...« Pola drückt sich die Hand auf den Mund, die roten Nägel fressen sich in ihre Wangen.

Ruth beißt die Zähne zusammen. Sie beugt sich in Richtung Pola: »Sag mir: Wie hätten wir das den Frauen erklären sollen?«

»Den Hunger oder das andere?«

Ruth will, dass Pola sie versteht. Sie weiß, sie kann sie verstehen. Sie sagt: »Wir hätten ihr Vertrauen verloren. Alles wäre zerbrochen.«

Bitter schüttelt Pola den Kopf.

»Nicht wir. Du! *Dir* hätten sie nicht mehr vertraut!«

»Fällt der Kopf, fällt der Körper.«

»Warum hast du nicht mit mir geredet?«

Pola schreit noch immer, sie wird sich nicht wieder hinsetzen. Auch Ruth steht jetzt auf, sie lässt sich nicht von oben herab anschreien, nicht einmal von Pola. Nicht mehr.

»Damit ihr mir sagt, Ania soll das entscheiden? Ich habe es erledigt. Für euch. Und für uns, Pola. Für dich und für mich. Du kannst mir dankbar sein!«

Heuchelei, nichts als Heuchelei, Ruth hat es so satt. Sie lacht kurz und spitz, und sie klingt sich selbst fremd.

»Es wäre nicht das erste Mal, dass wir ein Leben beenden, oder?«

Jetzt klappt Pola zusammen. Sie stützt sich auf den Sessel, und geknickt sagt sie:

»Keine Frauen. Das war der Deal.«

»Aber sie hätte alles kaputtgemacht. Sie war egoistisch und gekränkt.«

»Ruth«, sagt Pola, und jetzt weint sie fast. »Du musst damit aufhören.«

»Sie hat mir gedroht. Das konnte ich nicht zulassen.«

»Wir beschützen sie. Wir beschützen die Frauen. Ruth, du hast es mir versprochen.«

»Und genau das mache ich. Jede verdammte, einsame Minute meines Lebens.«

Polas Gesicht fällt in sich zusammen. Ihre Wangen sacken hinunter, ihre Augen rinnen über die Backenknochen nach außen. Ihr Blick ist leer.

»Was?«, fragt Ruth wütend.

»Ich träume manchmal davon, Ruth. Ich sehne mich nach Vergebung.«

»Vergebung ist ein überholtes Konzept. Und Vergebung wofür? Ohne uns wäre das alles nicht mehr vorhanden.«

»Ich glaube, wir haben uns getäuscht.«

Ruth fühlt es kommen, vom Magen steigt es auf, sie kennt Pola zu gut, um nicht zu wissen, was in diesem alten knöchernen Kopf vor sich geht. Schon schaut die Überheblichkeit unter den buschigen Wimpern hervor.

»Menschen bleiben Menschen, und Macht korrumpiert«, sagt Pola. »Das, was du mit Sinele getan hast… Wir sind nicht besser, als sie damals waren.«

Ruth kneift die Augen zusammen, schüttelt den Kopf.

»Willst du etwa sagen…?«

»Was unterscheidet dich von ihnen? Was unterscheidet uns?«

Da kommt er, der Vorwurf, auf den sie gewartet hat. Ruth schlägt mit der Faust auf den Tisch. Der Schmerz fährt in ihren Handballen.

»Wie kannst du!«, schreit sie, und sie hört ihre Stimme an den hölzernen Wäldern brechen. Pola ist blass. Und sie ist leise. Drama ist nicht notwendig, sagt Pola immer, Drama bringt das Leben selbst genügend mit. Ausgerechnet Pola, die das eine sagt und das andere tut. Die Licht und Schatten zugleich ist. Ruth möchte Pola packen und schütteln, sie möchte sie anschreien: Weißt du, was du da gerade redest? Kannst du dich nicht erinnern? Wie kannst du mich mit ihnen vergleichen? Ruth ist nicht wie sie, und sie wird es niemals sein. Weil sie die andere Seite kennt. Weil sie weiß, wie es ist, wenn du durch die Straßen huschst, den Kopf eingezogen und jeden einzelnen deiner Schlüssel zwischen die Finger gesteckt, zur Faust geballt, um zuschlagen zu können, falls sie angreifen. Sie weiß, wie es ist, den Blick einzurollen, wenn du an den Soldaten vorbeigehst, und Augen auf deinem ganzen Körper entwickelst, Augen auf den Schultern, dem Rücken, dem Hinterkopf, denn jede ihrer Bewegungen könnte deine letzte sein. Sie, die ihre Kämpfe immer auf den Körpern der Frauen austrugen.

20

Ruth spürt ihren Körper von damals, die schwüle Luft, den Schweißfilm auf der Stirn, wie sie den Regenmantel enger zog und die Tasche an ihren Körper drückte. Sie hatte auf den Regen gewartet, weil sie wie Hunde waren, das Wasser scheuten und lieber unter Vordächern standen und rauchten. Es war ihre einzige Chance, die verbliebenen Geräte aus dem Labor zu holen, bevor alles konfisziert wurde. Die Kanister mit den Grundsubstanzen hatte sie gleich zu Beginn weggeschleppt, mitten in der Nacht, nicht auszudenken: all das Gift in den Händen der falschen Leute. Ihren Job war sie längst los, die Männer waren schließlich zurückgekommen, jetzt, wo sich der Krieg wie eine Seuche über die verbliebenen Erdteile zog. Und sie kamen zurück mit einer Wut und einer Blindheit, sie wollten nicht glauben, dass es hier ein Leben ohne sie gegeben hatte. Wir sind zurück, wir regeln das. Ruth und die anderen Frauen standen im Weg. Adaption, das war es, was jetzt von ihr erwartet wurde. Die Koordinaten der Kriegsführung werden verändert, und du hast dich anzupassen, oder auch nicht, egal, die Welle wird über dich hinwegrollen und du wirst dich beugen, so oder so. Adaption. Der zweite Vorname einer jeden Frau.

Ruth sieht es vor sich, als wäre es erst gestern passiert: Einer der Soldaten machte einen Schritt nach vorne, und Ruth zuckte zusammen. Sie erhöhte ihr Tempo, zum Glück begann es wieder zu regnen, und sie rannte durch die Pfützen, bis ihre Zehen in den Schuhen aufgeweicht aneinander rieben. Der Gurt der Tasche zog schwer an ihrer Schulter. Diese eine Ladung noch, dann hatte sie es geschafft. Dann hatte sie zumindest jenen Teil ihres

Laborinventars zu sich nach Hause geschafft, der es ihr ermöglichte, weiterzuarbeiten. Niemanden hatte interessiert, was sie entdeckt hatte, und wer wusste schon, wo die nächste Bombe landen würde? Sie steckte den Schlüssel ins Schloss ihrer Haustür und lehnte sich mit voller Kraft dagegen, rasch, rasch, sie musste schnell sein, ein Blick noch über die Schulter, und sie war in ihren eigenen vier Wänden, oder in dem, was davon übrig war. Der vordere Teil des Hauses war zerborsten, abgetrennt und zerbröselt, doch die restlichen Wände, an deren Kanten Kabel und Rohre fransig abstanden, hielten die Stellung, als sei nichts gewesen. Ausgerechnet ihr Schlafzimmer hatte eine Wand verloren, das Doppelbett ragte mit dem Fußende hinaus ins Freie, wie in einem Möbelhaus, dachte sie damals, wie ein Ausstellungsstück, und das dachte sie eigentlich bei jedem Schritt durch ihr Leben im Krieg, denn die Realität war surreal geworden, nicht zu verstehen, und Ruth wankte hindurch wie durch ein Museum und kam aus dem Staunen nicht mehr heraus. Aus rein pragmatischen Gründen versperrte sie einfach die Tür zum Schlafzimmer, sperrte das Grauen und das Unbegreifliche aus und übernachtete von nun an auf der Couch. Ihr geschrumpftes Labor deponierte sie im Badezimmer neben der Waschmaschine. Eine Zentrifuge und ein Kühlaggregat mehr oder weniger waren hier in diesem Chaos auch schon egal. Im Falle einer Hausdurchsuchung würde sie sich vermutlich darauf hinausreden, dass es sich um Haushaltsgeräte handelte. Dann griff sie noch einmal in ihre Tragetasche, ganz behutsam mit ausgestreckten Fingern und gebeugten Knien. Der Transilluminator. Er hatte die Flucht überlebt. Ruth hob ihn aus der Tasche und stellte ihn auf der Waschmaschine ab. Mit einem Handtuch tupfte sie die Wassertropfen ab, die vereinzelt auf der durchsichtigen Oberfläche der Maschine glitzerten.

Der dumpfe Nachhall von Schüssen auf der Straße riss Ruth aus ihren Gedanken. Wie spät war es? Sie hatte noch drei Stunden Zeit, dann kam das Kind zurück. Zumindest die Kinder bekamen so etwas wie Routine, Frauen aus der Nachbarschaft hatten sich zusammengetan und im leeren Bowlingcenter eine Schule eröffnet. Die Kinder saßen an runden Tischen im bunten Licht und kritzelten kichernd in ihre Hefte. Wenn die Übungen erledigt waren, durften alle eine Runde kegeln. Ob sie tatsächlich etwas lernten, war Nebensache. Ruth schaute noch einmal auf ihre Uhr. Sie kam zu spät. Aber auch das war in diesen Zeiten egal.

Ruth huschte an der Mauer der Kirche entlang. Der verdorrte Efeu raschelte, als sie das Tor öffnete. Sie rannte den Kiesweg entlang, in dem sich Pfützen gebildet hatten, schmierige gelbbraune Ringe, die Wellen schlugen, wenn Ruth in sie trat. Nässe war Ruth egal, Nässe versprach Abkühlung in der Hitze, die gleich wieder kommen würde, wenn die Wolken abgezogen waren. Es war zu heiß, schon seit Jahren, und die Hitze nahm der Menschheit den Verstand. Und anstatt etwas dagegen zu unternehmen, schlugen sie sich gegenseitig die Köpfe ein. In Wellen kamen die Angriffe, wer heute Freund war, konnte morgen schon Feind sein. Ruth hoffte inständig, dass diese – ihre – Stadt nur ein Ausläufer der Wellen blieb.

Das Tor der kleinen Kapelle war angelehnt. Ruth wurde langsamer, es konnte immer sein, dass sie beobachtet wurde, und eine gläubige Frau am Weg zum Gebet war um einiges unauffälliger als eine, die davonrannte. Sie betrat die Kapelle, sie war leer. Gleich rechts neben dem Eingang führten die Wendeltreppen hinab. Mit eingezogenem Kopf stieg sie Stufe für Stufe nach unten, kreiselte sich ihren Weg unter die Erdoberfläche, hinunter zu den Fackeln und der feuchten Kälte. Sie konnte Pola schon hören, aufgebrachte, zischende Laute wurden von den felsigen Wänden hin und her geworfen.

Und da saßen sie: zwanzig, dreißig Frauen, auf alten Kisten oder am Boden auf ihren Jacken. Erschöpft und in sich gesunken, und in Sicherheit hier unter den Kuppeln aus Stein. Das zittrige Licht der Fackeln spielte mit der Mimik ihrer Gesichter, mal wirkten sie heiter, dann wieder ernst. Die Fackeln machten die Unruhe sichtbar, die jede dieser Frauen im Alltag unter verschwitzten Schichten von Mut versteckte.

Zweimal die Woche trafen sie sich hier. Pola hatte sie hierhergebracht, Pola hatte geflüstert und geplant und es geschafft, eine Zelle zu bilden, die lebte. Hier wurden Medikamente ausgetauscht und auch Munition. Hier wurde das ausgesprochen, was auf den Straßen und in der Nähe von Kindern und Kranken tabu war. Und alle, die hier saßen, hatten Kinder und Kranke zu Hause. Als wäre es naturgegeben, dass du weißt, wie eine Spritze zu setzen ist, nur weil dir kein Sack zwischen den Beinen baumelt. Kinder und Kranke. Und sorgen und weinen und flüchten und leiden. Dafür wurden sie geschaffen, dafür und für nichts sonst.

»Es reicht!«, schrie Pola. Ihre Stimme brach in schmerzenden, hohen Tönen. Wie eine Irre stieg sie zwischen den Frauen am Boden umher, fuchtelte mit den Armen. Pola war außer sich, alle Schleusen offen. Ruth hatte es befürchtet.

»Wie viele Beweise brauchen wir noch, dass sie zu nichts zu gebrauchen sind? Dass sie alles zerstören, was sie in die Hände bekommen?«

Die Nachricht hatte sie am Morgen erreicht: Der Wasserspeicher war so gut wie leer. *Polas* Wasserspeicher, das Zentrum ihres Lebens, das, wofür sie jahrzehntelang gekämpft hatte. Sie hatten die Wassermassen benutzt, um gegnerische Truppen wegzuspülen und einen kurzen Etappensieg zu erreichen. Straßen und Häuser standen unter Wasser, eine ganze Armada hochgerüsteter Panzer wurde ertränkt und zerstört. Generäle jubelten. Von der »dringend notwendigen Spritze für die kämpferische Moral unserer Truppen« war die Rede, aber niemand sprach ein Wort von der trockenen Zukunft, die ihnen bevorstand. Und von den Wasserkriegen, die folgen würden.

»Jetzt möchten sie«, schrie Pola heiser, »dass ich vor die Presse trete und die Trinkwasser-Rationierungen ankündige! Weil mein Gesicht so schön ist!«

Ein gequälter Laut drang aus ihrem Körper, ein Würgen und Jammern zugleich. Die anwesenden Frauen reagierten mit verärgertem Raunen, mit beruhigenden Worten und auch mit empörten »Pah«s und »Oh«s. Ruth gab es einen Stich, Pola so zu sehen. Sie wollte zu ihr gehen, sie in den Arm nehmen, aber da stand schon Duma neben ihr und umarmte sie. Doch Pola riss sich los, wieder fuhr ihr das Feuer der Kränkung durch den Körper, und sie packte Dumas Schulter und schrie:

»Und was sie mit Duma gemacht haben! Was sie mit Duma gemacht haben! Das werden sie mit jeder einzelnen von uns machen.«

Duma errötete. Jede hier wusste, was sie mit Duma gemacht hatten. Und sie war nicht die Einzige. Auch dafür waren diese Treffen da: Sich das Grauen von der Seele reden zu können. Gehalten, getröstet zu werden. Die Last, die du nicht mehr loswirst, zumindest nicht alleine tragen zu müssen. Duma hatte sich gut gefangen in den letzten Wochen, manchmal war sie still, dann wieder voller Wut. Ein abschreckendes Beispiel wollte sie trotzdem nicht sein. Sie machte sich von Pola los, schlang ihre sehnigen Arme um den Bauch und setzte sich wieder.

»Ich habe Waffen besorgt«, sagte Pola jetzt. »Wir haben genug geredet. Adaption ist keine Alternative mehr. Wir Frauen haben ihnen genug Chancen gegeben, sie haben es immer wieder kaputt gemacht.«

»Was hast du vor?«, sagte Ruth. Sie sagte es laut, damit es von ganz hinten zu hören war, Köpfe drehten sich, Kisten wurden bewegt und quietschten, und erst jetzt schien Pola sie zu bemerken. Ein Lächeln erhellte ihr Gesicht.

»Mitigation«, sagt Pola. »Eine Abschwächung der Situation. Aktives Dagegenstellen.«

»Ja, aber was meinst du damit?«

Duma stand auf. Ihr Gesicht war damals so schmal, und die dunklen Augen glitzerten im Schein des Feuers.

»Wir werden die Macht übernehmen«, sagte Duma leise. »Wenn nötig mit Gewalt. Wir werden uns nicht zu Opfern degradieren lassen.«

Ruth sah sie dasitzen, die Frauen mit den leeren Augen und die mit der Angst zwischen den hochgezogenen, spitzen Schultern. Und die, die ihren Lebensinhalt zwischen den Mauerresten verloren hatten. Und die halben Kinder, die mit der Kompromisslosigkeit der Jugend die Zukunft in jedem Schutthaufen glühen sahen. Sie hatte Mitgefühl, mit jeder einzelnen von ihnen, auch viele ihrer eigenen Verwandten und Freunde waren umgekommen, aber sie sah auch: Schwäche und Verblendung. Einen Haufen Träumerinnen.

»Wir sind Opfer«, sagte Ruth. »Schaut uns an! Wie Ratten verkriechen wir uns unter der Erde. Jede von uns ist verletzt und gebrochen. Wie könnten wir keine Opfer sein?«

»Indem wir uns wehren!«, schrie eine der Frauen.

»Und wie wollt ihr das anstellen?«, fragte Ruth. »Indem ihr das Regierungsgebäude stürmt und ein paar Männer erschießt?«

»Es müssen nur die richtigen Männer sein«, sagte Pola.

»Das ist Irrsinn.« Ruth schüttelte den Kopf.

»Aber wir können nicht mehr!«, schrie Farina. Sie saß dünn wie ein Blatt Papier zwischen den anderen Frauen am Boden, mit einer verkrusteten Platzwunde an ihrer linken Schläfe, an der sie nervös kratzte.

»Was willst du sonst machen, Ruth?«, fragte Duma. »Herumsitzen und warten?«

Wenn Ruth ehrlich gewesen wäre, dann hätte sie zugeben, dass es genau das war, was sie wollte. Wegducken und warten und hoffen, dass es besser wurde. Simon war in den Beschuss in der Zerta-Rinne gekommen, ein Schlag aus dem Nichts, der ihn bewusstlos und halbtot zurückließ. Er wurde in einem Lazarett hunderte Kilometer entfernt versorgt, und Ruth wartete jeden Tag auf Nachricht, dass er nach Hause verlegt werden würde. Dazwischen lächelte sie gequält, wenn sie dem Kind Brote schmierte, und sie drängte das Kind am Morgen, nicht herumzutrödeln, weil es das war, das Ruth immer getan hatte, und weil sich die Angst wie Watte um jeden ihrer klaren Gedanken legte, sie wollte nur sitzen und warten, und wenn die Zeit um war, dann rannte sie durch die Straßen, um ihr Kind wieder abzuholen und es zu Hause vor den Fernseher zu setzen, und sie selbst setzte sich daneben auf einen Stuhl, doch sie bekam nichts mit, »schau«, schrie das Kind hin und wieder, doch Ruth schaute nur auf den Schatten, den die Hauswand gegenüber auf den Boden ihres Wohnzimmers warf, sie schaute, ob es den Schatten noch gab und wie er sich ausdehnte, länger wurde. Und wenn sich der Schatten auflöste im Dämmerlicht des Abends, dann nahm sie das Kind auf die Hüfte, das schwere, müde Kind, und brachte es ins Bett. Das war es, was Ruth tat und was sie tun konnte, und niemals hätte sie die Kraft und den Fokus aufgebracht, eine Waffe in die Hand zu nehmen und loszulaufen. Noch hatte sie zu viel zu verlieren. Noch stand die Bowlinghalle.

21

Ihr brach die Welt in Splitter aus Rot. Fleisch und Zungen, Erde und Blut. Ruth lag am Steinboden ihres Badezimmers, spürte ihr Blut pochen, sie spürte ihr Herz schlagen, und sie wollte es nicht mehr haben, wollte sich davon befreien. Sie kratzte und riss an ihrer Haut, bis sie die Feuchtigkeit spürte, Nässe oder Kälte, der Körper kann nicht unterscheiden, ihr Magen krampfte sich zusammen und sie übergab sich, lag im eigenen Saft und hoffte, dass sie sich zersetzen würde, dass die Säure sie wegätzte und mitnahm. Sie sah sich selbst den Abfluss hinabtreiben, ohne Materie und ohne Erinnerung.

Kinder, verstreut wie Bowlingkugeln, Körperteile im bunten Diskolicht. Rot in all seinen Schattierungen. Kleidungsstücke und Gliedmaßen. Ein Klingeln, weit entfernt. Klopfen. Sie schloss die Augen. Dunkles Rot, durchzogen von Adern. Was ist der Mensch mehr als ein bisschen Haut und Knochen, zusammengehalten von Fasern und Blut, so sicher sind wir unser selbst, wenn wir in der Sonne stehen mit beiden Beinen auf der Erde, und dann schlitzt du den Hautsack auf und es bleibt nichts übrig als Gedärme und schmutziges Wasser, wegschwemmen, Ruth wollte sich auflösen und mitschwimmen in den großen salzigen Ozean, sie hatte die Knochen gesehen und die Haut und sie konnte sich selbst nicht mehr begreifen, sie hatte es gesehen und war zerfallen, und wie könnte sie jetzt noch die Kraft aufbringen, die Fasern und das Fett zusammenzuhalten? Wie könnte sie die aufgerissenen schwarzroten Augen vergessen, die rostigbraunen losen Finger, wie könnte sie vergessen, wie ihr Kind dagelegen war, in Teilen, zersprengt und zerschnitten, das alles, was ihr Kind gewesen war, verstreut auf dem dreckigen Boden, und sie hatten ihr die Hose ausgezogen, warum hatten sie ihr die Hose ausgezogen, bevor sie ihr die Kehle durchgeschnitten hatten, Ruth griff sich an den Hals und er war nass, sie spürte die Tränen nicht mehr, sie flossen und flossen und Ruth hoffte, mitgespült zu werden. Das Licht kam und die Dunkelheit und wieder das Licht, das Klopfen kam und ging, die Zeit rann den Abfluss hinab und ihre Lippen rissen auf, sie schmeckte das Blut, und wieder musste sie sich übergeben, sie drehte nur noch den Kopf, dann dämmerte sie weg, spürte die Wellen des Ozeans, ließ sich treiben.

Sie hörte nicht, wie Pola die Tür eintrat und sie hörte sie auch nicht schreien. Sie spürte nicht die Nadeln, die Pola setzte und kam erst wieder zu sich, als Pola ihr ins Gesicht schlug. Pola war noch nicht bereit, aufzugeben, sie sammelte Ruths Einzelteile zusammen und zerrte sie zur Couch. Sie musste tagelang an ihrer Seite gesessen sein, Ruth war zu benommen, um zu erkennen, ob Tag oder Nacht war, aber sie wusste, Pola war hier. Sie pumpte Infusionen in ihren Körper, maß ihren Blutdruck. Pola musste wie alle Frauen in den Lazaretten arbeiten, sie kannte sich inzwischen damit aus. Irgendwann zwang sie Ruth, zu trinken, dann zwang sie sie, zu essen. Pola erlaubte ihr nicht zu sterben. Sie ließ sie brüllen und weinen und ließ sie toben und schweigen, aber sie ließ sie nicht sterben. Pola wiegte Ruths Kopf in ihrem Schoß und wischte ihr die Tränen ab. Und sie sagte:

»Der Mensch ist dem Menschen ein Wolf.«

Je älter wir werden, desto mehr verstehen wir die Macht der Worte. Wir setzen sie seltener ein, weil wir wissen, was sie anrichten können. Ruth erinnert sich so genau an diesen einen Satz, ein Gemeinplatz, viel zu oft einfach so dahingesagt, sie erinnert sich, weil er den Schnitt in ihrem Leben setzte, die Mitte markierte. Er war der Schlag, der sie weckte, die Schleuse, die sich öffnete und die Wut freigab. In heißen Wellen schoss der Hass in Ruths Körper. Ruckartig setzte sie sich auf. Ihr Oberkörper war leicht und stark, ihr Kopf so klar wie seit Jahren nicht mehr.

»Nein«, sagte Ruth. »Nicht der Mensch.«

Keine Frau dieser Welt wäre zu diesen Taten fähig gewesen. Keine Frau hätte sich auf diese Art instrumentalisieren lassen für die strategischen Pläne eines anderen. Die Taten in der Bowlinghalle waren die Rache von Männern an anderen Männern, wegen Land, das nicht mehr vorhanden war und wegen Geld, mit dem man sich das Überleben sichern wollte. Sie, die Frauen und Kinder, spielten keine Rolle, sie waren nicht mehr als Kollateralschäden und in ihrer Schutzbedürftigkeit lediglich die Achillesferse der Gegner, die man zu treffen versuchte, um sie einzuschüchtern. Leben unter permanenter Bedrohung, gebeugt und geduckt, im Krieg und selbst dann, wenn alles ruhig schien, im Alltag. Die Frauen unter der Erde konnten Duma deshalb so gut verstehen, weil sie genau wussten, wovon sie sprach, weil so viele von ihnen sexuelle Gewalt am eigenen Leib erfahren hatten, und nicht von Fremden, sondern ausgerechnet von den Männern, die ihnen am nächsten standen, denen sie vertrauten, ja: vertrauen mussten, weil es die finanzielle und die gesellschaftliche Situation gar nicht anders zuließ. Sorgen und weinen und flüchten und leiden. Niemand konnte Ruth erzählen, sie seien dafür gemacht, denn niemand auf dieser Welt ist dafür gemacht, die Kehle hinzuhalten, immer und immer wieder, nur weil die Klingen blitzen. Es musste ein Ende haben.

Ruths Wut war nicht blind, ganz im Gegenteil, sie richtete Ruth auf und schärfte ihren Blick: Der männliche Mensch war ein Fehler der Natur, ein Chromosomenbruch mit fatalen Folgen, der drohte, den Planeten in den Abgrund zu stürzen. Diese Welt würde zu Grunde gehen, wenn sie sich nicht dagegenstellten.

Es war Ruths Konsequenz, die sie alle gerettet hat. Ihr blechernes Herz und ihr Wille aus Stein. Sie war es, die die Kuppeln unter der Erde hervorgeholt und in den Himmel gehoben hat, die allen Frauen den Raum gegeben hat, sich frei zu bewegen, geschützt und geborgen. Pola ist mutig und laut, aber es fehlt ihr an Durchhaltevermögen, sie flattert in ihren Gedanken, genauso wie jetzt, hier, wie sie vor ihr steht in ihrem Büro, zittrig und voller Vorwürfe. Pola vergisst zu schnell. Sie, Ruth, wird nie vergessen. Niemand wird sich ihr in den Weg stellen, nicht damals und nicht heute. Ania ist zu jung, um zu verstehen, was sie mit ihren Forderungen anrichten könnte. Verrat ist nichts, das mit einem Lächeln weggewischt werden kann. Noch hat Ania zu wenige Informationen, aber das, was sie von Sinele weiß, ist zu viel. Und so, wie es aussieht, steckt Pola nun mit ihr unter einer Decke. Pola und Ania: Der Gedanke sticht in Ruths Lungen. Pola ist vom Weg abgekommen, denkt Ruth, ist weich geworden mit den Jahren. Das ist traurig, aber mit Trauer kann Ruth umgehen. Wenn es sein muss, wird Ruth das letzte Stück des Weges alleine gehen. Solange sie atmet und solange sie diesen Atem in Worte fassen kann, wird sie dafür sorgen, dass das Übel nicht zurückkommt. Wofür wären sonst all die Opfer gewesen?

»Du hast recht, Pola«, sagt Ruth. »Ich bin zu weit gegangen.«

Pola mustert sie. Ihre Augen zu Schlitzen verengt, den Kopf geneigt. Sie glaubt ihr nicht.

»Was soll ich jetzt tun?«, sagt Ruth. Ihre Stimme bricht. Pola steht aufrecht, kein Zeichen des Mitgefühls, kein Fünkchen Glaube.

»Sag mir, Pola, was soll ich tun? Und was wirst du tun?«

Pola kreuzt die Arme vor ihrer Brust. Ihre Haare stehen wirr ab, boykottieren den Stolz, den ihre Körperhaltung zu vermitteln versucht. Und Pola schweigt. Sie dreht sich auf dem Absatz um, ein Balancieren am dünnen Seil des Wissens, sie kehrt Ruth den Rücken zu und geht.

Pola steckt selbst zu tief drin, denkt Ruth. Sie wird Zeit brauchen, um sich ihre nächsten Schritte zu überlegen. Diese Zeit kann Ruth nützen. Sie ruft Alev zu sich.

»Ich brauche eine Packung Kuppelkonfekt«, sagt Ruth.

Alev senkt den Blick, versteckt das Misstrauen hinter ihren schönen jungen Lidern.

»Jetzt«, sagt Ruth.

Alev dreht sich um und geht. Keine Viertelstunde später steht eine Box auf Ruths Tisch. Sie öffnet den Deckel: kühler Rauch steigt daraus empor, zwirbelt sich in den Raum. Ruth legt den Deckel zur Seite und hebt das etwa handgroße Stück heraus. Es ist Blätterteig in Bögen, der sich in unzähligen Schichten über ein Herz aus heller Schokolade wölbt. Ruth senkt den Kopf und atmet den süßen Duft ein. Wie sehr sie Schokolade als Kind geliebt hat. Nicht nur die Polkappen, auch die zartschmelzenden Freuden hat die Klimakatastrophe ihnen genommmen. Auf der Oberfläche des Herzes bildet sich ein dünner Film, die Temperaturen setzen ihm zu. Ruth muss sich beeilen. Sie verriegelt die Tür ihres Büros, geht zu einem der hinteren Schränke und zieht ihre Werkzeuge und ein kleines Glasröhrchen heraus. Mit der Präzision einer Chirurgin setzt sie ein kleines Messer an die Unterkante und schneidet in das Herz.

22

Das Klicken des Wasser-Rationierers.

Das Summen der Klimaanlage.

Schreie im Stiegenaufgang. Knarrende Böden. Der Puls in den Adern.

Ania sitzt am Steinboden ihrer Küche, die Beine überkreuzt, den Blick zum Fenster gerichtet. Eine Tür schlägt zu, und für einen kurzen Moment glaubt Ania, es sei Carmen. Doch Carmen ist nicht hier, darf nicht hier sein. Wie benommen ist Ania nach Hause gewankt, Polas Worte als Nachhall in ihrem Schädel:

Du wirst niemandem einen Grund geben, an dir zu zweifeln.

Also hat Ania die Tür verriegelt, hat eingesperrt, was nicht nach draußen dringen darf: die geröteten Augen und der wackelnde Kopf und die Beine, die keinen Halt finden und stolpern, niemand darf sie so sehen, sie, die Anwärterin, die Hoffnung aller, umarmt und umschlungen von klaffend großen Zweifeln. Hat Pola etwa recht? Ist das, was Ania zu sehen und zu wissen glaubt, paranoid? Sie trinkt einen Schluck kaltes Wasser, und als sie das Glas neben sich abstellt, sackt der Arm zu schnell nach unten und es klirrt, als würde das Glas in Stücke springen.

Ein Klingeln. Jemand steht an der Tür. Es klingelt noch einmal.

»Ania! Ich bin es, Alev!«

Das Glas neben ihr ist in einem Stück geblieben, und Ania überraschenderweise auch, sie stützt sich auf und stellt sich mühsam auf die Füße. Sie spürt die angenehme Kälte des Steins an ihren Sohlen. Alev klopft jetzt zaghaft an die Tür. Ania schiebt die Riegel zur Seite und öffnet ihr.

»Du siehst nicht gut aus«, sagt Alev. Sie lächelt schief. In ihren Händen hält sie eine Box in den Farben des Ältestenrats. Verloren wirkt sie zwischen den grauen und blauen Wandflächen dieses Stiegenhauses, wie ausgeschnitten und falsch eingeklebt. Alev gehört nicht hierher. Was macht sie hier?

»Danke für deine Ehrlichkeit«, sagt Ania. Alev blinzelt. Ania tritt zur Seite und Alev steigt mit vorsichtigen Fersen in die Wohnung. Sie schaut sich um, setzt an, etwas Nettes zu sagen, doch als ihr Blick den von Ania trifft, lässt sie es bleiben. Sie stellt die Box am Tisch ab.

»Mach es auf«, sagt sie.

»Mein Abschiedsgeschenk?«

Alev schüttelt den Kopf.

»Ganz im Gegenteil. Ruth und der gesamte Rat möchten sich für dein Engagement bedanken. Es ist dein Willkommensgeschenk, bevor du nächste Woche…«

Ihre Stimme klingt heiser. Ganz offensichtlich widerstrebt es ihr, Ania in dieser Form zu beglückwünschen. Sie hat Alev nicht für eine eifersüchtige Person gehalten. Eindrücke täuschen, und sie wechseln wie Gewitterfronten.

Ania nimmt ein Messer und schneidet die Versiegelung an der Kante der Kiste auf. Sie hebt den Deckel an, vorsichtig, ohne Druck. Ein Zettel fällt heraus: Festes Papier, die Struktur wie feiner Sand auf Felsen. Ania nimmt es zwischen die Finger. Ein seltenes Gefühl. In altmodisch geschwungenen, schwer lesbaren Buchstaben steht dort:

Du wirst über dich hinauswachsen. Alles erdenklich Gute! Ruth

Ania legt den Zettel zur Seite. Süßer Geruch steigt ihr kalt in die Nase. Sie beugt sich nach vorne, streckt ihre Finger aus. Da schnellt Alevs Hand nach vorne, wie der

Zungenschlag einer Schlange. Sie stößt sie weg. Ania schaut überrascht hoch, und Alev scheint selbst überrumpelt von dem, was sie da gerade getan hat: Die roten Flecken auf ihren Wangen breiten sich übers Gesicht aus und fluten ihre verschämten Augen.

Sie stottert: »Das Kuppelkonfekt ist eine der höchsten Auszeichnungen unserer Gemeinschaft.«

Ania weiß das. Sie kennt die Fotos von den Ehrungen, sie hängen in einem der Arbeitsräume. Glänzende Stoffe, glänzende Zahnreihen, und das Konfekt in Händen. Alev redet weiter, sinnlose Sätze mit den Namen derer, die es erhalten haben, den Tagen, an denen es verliehen wurde.

Ania schaut der Assistentin der ranghöchsten Person in diesem Land zu, wie sie ein zerfallendes Netz mit Worten zu flicken versucht, wie sie sich mit dem Fingernagel an der Schläfe kratzt und dabei Jahreszahlen ausspuckt. Wie sie versucht, etwas zu sagen, ohne es auszusprechen.

»Und zum Jubiläum des Orchesters dann Güra Hanger, vor drei Monaten, am elften Februar«, sagt sie. »Und letzte Woche eine Wissenschaftlerin.«

Alev ist fertig, und das letzte Wort hängt nun schwer in der satt-warmen Luft dieses Nachmittags. Eine Wissenschaftlerin. Sinele. Süßer Tod, verkleidet als Friedensangebot. Wenn der gesamte Rat unterschreibt, wie könntest du dann annehmen, dass sie dir an die Gurgel wollen? Wenn alle zusehen und warten, die wohlwollenden Augen auf dich gerichtet: Wie könntest du nicht davon essen?

Übelkeit kitzelt Ania den Rachen, und schnell schiebt sie die Kiste von sich weg. Alev ist jetzt blass wie die Wand hinter ihr.

»Seit wann übernimmst du Botengänge?«, sagt Ania.

»Nie. Ruth weiß nichts davon.«

Als sie es ausspricht, werden Alevs Augen groß und rund, bittend, und Ania versteht: Dies ist der erste Schritt heraus aus der Loyalität.

»Ich würde alles für sie tun«, sagt Alev. Ihre Mundwinkel zucken.

Ania nickt. »Alles ist ein großes Wort«, sagt sie. Jetzt lächelt Alev, zum ersten Mal heute.

»Vielleicht glaubt sie, ich würde es nicht bemerken.«

»Ruth weiß, wie schlau du bist, Alev.«

Wieder lächelt sie. Ihr Blick fällt auf ein Haar, das an ihrem Ärmel klebt, sie wischt darüber und legt dann die Arme um den Körper.

»Du fühlst dich so sicher, so wertgeschätzt in ihrer Nähe«, sagt sie, »wenn sie dir versichert, dass sie ohne dich nichts wäre. Und dann tut sie … Dinge. Sie macht sich nicht einmal die Mühe, sie vor dir zu verstecken. Sie benutzt dich. Als wärst du nur ein Körperteil von ihr, eine verlängerte Hand, oder ein … ein Hund. Kein eigener Mensch. Mit eigener Moral.«

Alev drückt ihre Arme enger an sich. Dünne, weiße Arme unter hellem Stoff vor weißen Wänden. Selbst Regentropfen würden auf ihr schmutzig aussehen.

»Ich will diese Dinge nicht wissen«, sagt Alev fest. Sie reibt sich die Hände, will abwischen, was sie vermutet. Sie starrt Ania an.

»Muss ich wegsehen, wenn ich loyal sein will?«

Ania packt sie um den Hals und umarmt sie, so fest sie kann, sie drückt ihren eigenen Kopf in die schwarzen Haare und hält Alev fest. Alev hat ihr ein kostbares Geschenk gebracht, und es ist nicht aus Schokolade. Alev, die Unsichtbare. Die Lebensretterin. Sie ist Anias Beweis, dass sie nicht den Verstand verliert. Und dass das, was sie gesehen und gehört hat, echt ist.

»Ich danke dir, Alev«, sagt sie. »Ich danke dir.«

23

Hunde, ja, wie Hunde, denkt Ania, kleine verspielte Welpen, die allem nachhetzen, was sich bewegt. So sind wir Menschen. Leicht abzulenken mit etwas Aufregung, immer den Blick gerichtet auf das, was hell leuchtet und vorne steht. Ich selbst bin nicht anders, denkt sie. Blind für das Schattenspiel im Hintergrund. Ruth und Alev. Vertrauen ist die Basis, ein Austarieren der Gewichte, nur weil die eine hebt, kann die andere oben stehen. Selbstverständlich kennt Alev alle Zugangscodes und Abstimmungstermine; sie weiß, wie Entscheidungen gefällt werden und wer danach anzurufen ist. Wenn Ruth im Raum steht, dann wird auch Alev hier sein, und vielleicht ist es Selbstschutz: niemand erkennt, dass Alev Ruths Spiegelung ist, der zweite Kopf am Körper des Drachens. Ania hat immer gewusst, dass Alev ihre Assistentin sein würde, vielleicht deshalb der Blick von oben herab, vielleicht deshalb die blinden Flecken, um die Hackordnung nicht zu gefährden. Um nicht selbst in die Knie zu gehen.

»Ruth ist heute nicht hier«, sagt Alev, »wir müssen uns nicht beeilen.«

Die Maserung ihrer Fingerkuppe öffnet eine Tür, in die ein kleines Quadrat geschnitten ist, vergittert mit schwarzen metallenen Ranken. Alev hält Ania die Tür auf, die den Kopf einzieht und den felsigen Schlauch dahinter betritt. Sie sind auf der Suche nach Antworten. Vielleicht finden sie sie im Bauch des Regierungsgebäudes.

Noch eine Tür. Alevs biometrische Daten reichen nicht aus, sie muss einen Code eingeben.

»Sie können später sehen, dass wir hier waren, oder?«, sagt Ania.

»Ja. Aber sie müssten gezielt danach suchen.«

Alev lächelt selbstbewusst. Die Kraft der Unsichtbarkeit. Sie stemmt sich mit ihrem ganzen Gewicht gegen die Tür. Die Beleuchtung springt flackernd an. Vor ihnen reihen sich Regale an Regale, gefüllt mit Kisten und Roll-Wänden. Die Wand links säumen Metallgehäuse, vermutlich Server, denkt Ania, denn in eine Ecke drückt sich ein Monitor samt Bedienungselementen. Ein erhöhter Hocker steht davor: Lange Recherchen sind an diesem Ort nicht geplant.

»Warst du schon einmal hier, Alev?«

»Ja. Ruth war auf der Suche nach einem Foto, das ihr nicht mehr aus dem Kopf ging.«

Große Tafeln gliedern den Raum, Kodex 3-10 bis Kodex 3-17. Die verbotenen Medien. Das, was die freien Menschen in der freien Welt nicht zu sehen bekommen.

»Warum eigentlich?«, hatte Ania Ruth gefragt, ganz am Anfang.

»Weil wir nach vorne schauen müssen, nicht zurück. Aus manchen Dingen der Vergangenheit kann man nur lernen, dass man sie besser vergisst.«

»Warum werft ihr das alles nicht weg?«

»Manchmal braucht es Beweise«, sagte Ruth.

Ania hatte es nicht hinterfragt. Wie so vieles, denkt sie nun.

Sie geht langsam durch die Gänge zwischen den Regalen. Kodex 3-15. Metallrahmen auf Scharnieren, die wie sperrige Flügel aufgereiht in den Raum hineinragen. Ania drückt sie auseinander, um sie besser sehen zu können. Metall klackt auf Metall. Alev steht jetzt neben ihr.

»Was ist das?« sagt sie.

»Filmplakate, denke ich.«

Ania schiebt die Rahmen weiter auseinander. Grelle Farben auf dünnem Papier. Es sind kantige Menschen mit intensiver Behaarung, rauer, tierischer als die, die Ania kennt. In sehr einsamen Positionen, schwerfällig und unbeweglich. Bewaffnet mit lächerlich überdimensionierten Waffen. Einer sitzt in einem Panzer, das Geschützrohr vor ihm ausgefahren wie die Verlängerung seines Geschlechtsteils.

»Ist das Humor?«, fragt Ania.

Auch Alev weiß es nicht. Sie blättert weiter. Die Menschen mit den langen Haaren verrenken sich unangenehm, viele von ihnen sind nackt. Blicke, als wären sie mental beeinträchtigt, geschmückt mit kindlichen Gegenständen wie Lollis und Schleifen. Wie groß muss der Wunsch nach Unterwerfung gewesen sein, denkt Ania.

»Komm, lass uns weitermachen«, sagt Alev.

Ania nimmt am Hocker Platz, Alev steht neben ihr und startet das Gerät. Mit einem monotonen Summen springt der Monitor von Schwarz auf Hellblau. In der Suchmaske blinkt ein Cursor.

»Sollen wir einfach Ruths Namen eingeben?«, sagt Ania.

»Nein, das bringt nichts. Ruth hat alles, was mit ihrer Vergangenheit zu tun hat, löschen lassen. Gib den Code ein, den Sinele dir geschickt hat.«

Anias Finger tippen schnell: Die Buchstaben- und Zahlenkombination verfolgt sie bis in den Schlaf. Als sie die Suche bestätigt, zittern ihre Finger. Sie spürt Alevs Hand auf ihrer Schulter.

Das einzige Ergebnis ihrer Suche ist eine wissenschaftliche Fachzeitschrift aus dem Jahr 2035. Ein großes erigiertes Geschlechtsteil ist auf dem Titelblatt zu sehen, der spärlichen Behaarung nach zu urteilen vermutlich von einem Menschen. Viele weitere Seiten beschäftigen sich mit den Auswirkungen von sogenannten *Potenzmitteln*. Ein nackter männlicher Mensch, den sie »Pornodarsteller« nennen, erzählt über seine Erfahrungen.

»Ich wusste nicht, dass sie Versuche mit den Andro-token gemacht haben«, sagt Ania. Alev sagt nur:

»Geh weiter nach unten!«

Auf einer der letzten Seiten scheint er auf, zwischen Anzeigen und Terminankündigungen: Der blau markierte Code. CCP450-X. Ein kleines, umrandetes Kästchen, der offizielle Antrag auf Prüfung einer neu entdeckten Methode im Bereich Pharmakogenetik. Gezielte Mikro-Medikamentation durch Fokus auf Zytochrom P450-Varianten. Ein Datum. Und Initialen: R. W.

»Ruths Initialen«, sagt Alev.

»Die Prüfung hat nie stattgefunden«, sagt Ania, »an dem Tag sind die westlichen Städte überrannt worden, da hatten sie anderes zu tun.«

Alevs Lippen verlieren an Farbe. Sie stehen sich nah, denkt Ania, viel näher, als mir lieb ist. Sie lässt Alev mit ihren Gedanken allein, sie hat jetzt keine Zeit dafür, schnell hacken ihre Finger die Buchstaben in die Eingabemaske: Sie möchte verstehen, was sie da gerade gelesen hat. Neue Seiten blitzen am Monitor auf. Stoffwechsel, Enzyme, Erbgut.

»Es geht um gen-sensible Medikamente«, sagt Ania. »Deine DNA ist der Schlüssel dafür, was dein Körper annimmt oder nicht.«

»Das wäre eine medizinische Sensation«, sagt Alev. »Warum hat es nicht funktioniert?«

»Vielleicht hat es ja funktioniert.«

Alev starrt sie an, weiß wie die Lichtleisten an der Decke.

Ania lässt die Arme sinken. Das diffuse Gewicht des Verdachts drückt sie beide nieder. Alev beißt sich auf die Lippen. Sie sagt:

»Such mal nach *WILKER*.«

»Aber Ruth heißt doch Wilger.«

»Ja, aber sie hat mir mal erzählt, dass Journalisten

es nie geschafft haben, ihren Namen richtig zu schreiben.«

Ania tippt, und hunderte Ergebnisse scheinen auf. Sie wirft Alev einen fragenden Blick zu, aber Alev nickt nur: Jetzt oder nie. Sie klicken sich durch eine Seite nach der anderen. Mit aufgestütztem Kinn und schiefem Kopf. Das Adrenalin pocht noch immer in Anias Brust, aber sie spürt die Erschöpfung schon näherkriechen. Da schreit Alev auf.

»Zurück!«

R. Wilker mit Familie. Eine Bildunterschrift im Personalteil eines Magazins. Ania vergrößert das Foto, zieht es nach links. Ist das Ruth? Im Kleid, lachend, ein Androtok neben ihr, der den Arm um ihre Schultern legt. Und vor ihr ein kleines Kind, das den Kopf an Ruths Beine drückt, sein Gesicht versteckt. Kann das tatsächlich Ruth sein?

R. Wilker mit Familie. Sie übernimmt mit April die Leitung der Labore bei Dormann & Partner.

Das Alter schlägt Furchen in unsere Körper, niemand stellt es in Frage, doch das, was Ania sieht, ist anders. Als wäre eine Schale abgefallen, wie nackt steht Ruth auf diesem Bild vor ihnen. Ihre Körperhaltung, leicht beschämt vor der Kamera. Ihre Finger, die sich durch die dünnen Locken am Kopf des Kindes graben, um es festzuhalten. Ihre Schläfe, die an der Schulter des Androtoken lehnt. Das Lächeln in ihren Augen.

»Sie hat alles verloren«, sagt Ania leise. »Hast du gewusst, dass sie ein Kind hatte?«

Alev schüttelt den Kopf, heftig und energisch. Alev macht ihr Herz nicht mehr auf.

Es ist eine aufregende Phase, in der ihr gerade seid.
Manchmal ist alles sehr schnell wieder vorbei.
Ruth ist ein vollkommen anderer Mensch geworden.

Warum, wird Anja jetzt langsam bewusst. Warum Ruth ist, wer sie jetzt ist: Jemand, vor dem du dich in Acht nehmen solltest.

»Warum kannte Sinele das Kürzel von Ruths Projekt?«, fragt Ania.

»Im Wissenschaftsarchiv gibt es einen gesperrten Bereich. Versuchsreihen, die gestoppt wurden, in erster Linie das Klima betreffend. Alle anonymisiert. Nur eine Handvoll Menschen haben Zugang. Eigentlich nur Ruth und die Direktorin des Carbon-Capture-Flügels. Und Sinele. Wegen ihrer Forschung im Agrarbereich. Ruth hatte große Hoffnungen auf sie gesetzt.«

»Sie haben gestritten. Es ging um den Einsatz von Gift. Sinele wollte das nicht machen.«

Alev nickt.

»Sie hat gesagt, Ruth korrumpiere sie«, sagt Alev.

Und jetzt ist sie tot, denkt Ania. Und ich wäre es auch, wenn es Alev nicht gäbe.

»War Sinele die erste, oder gab es davor schon ...«

Ania spricht den Satz nicht zu Ende. Sie sieht das Wasser in Alevs Augen steigen. Zaghaft zuckt Alev mit den Schultern.

»Vor ein paar Jahren, da ...« Alev bedeckt ihr Gesicht mit den Händen, und zwischen den Fingern schreit sie: »Warum hab ich es nicht kapiert?«

»Ruth muss gehen«, sagt Ania. »Sie muss zur Verantwortung gezogen werden, bevor sie noch mehr anrichtet.«

Da lacht Alev. Ein überhebliches, nein, ein verzweifeltes Lachen. Sie sagt: »Ruth wird nicht gehen.«

»Doch, wird sie. Wenn der Druck von außen groß genug ist, wird sie gehen. Wir machen das, was wir wissen, öffentlich. Gleich heute noch. Wir schicken es an viele verschiedene Menschen. Damit sind wir geschützt, und Ruth muss sich erklären.«

»Du willst sie ausliefern«, sagt Alev.

»Willst du das nicht auch?«

Alev schüttelt den Kopf.

»Ich möchte ihr in die Augen schauen, wenn sie es erfährt.«

»Alev. Sie ist gefährlich!«

»Das sind wir auch«, sagt Alev. Jetzt lächelt sie plötzlich. Sie sagt Dinge wie »anonymisierter Absender«. Und »Zeitpunkt des Sendens definieren«. Alev macht sich selbst zum Schlüssel: Wenn sie weg ist, kann niemand die Bombe entschärfen. Wie lange hat sie schon darüber nachgedacht, denkt Ania. Und sie selbst: auch sie fühlt die Lust, rauszugehen, nachzubohren. Es hochgehen zu lassen. Sie wird Ruth zu einer Antwort zwingen. Sie wird oben stehen.

Ania sagt: »Lass mich mit ihr reden.«

»Du beginnst deine Amtszeit mit einem Putsch?«, sagt Alev.

»Sie müssten wissen, wonach sie suchen, um rauszufinden, dass es so ist, oder?«

Alev lächelt, und Ania spürt: Das ist es, das ist der Pakt.

»Wir fahren zu ihr«, sagt Alev.

»Wo ist sie?«

»An einem Ort, den niemand kennt.«

»Nur du.«

»Nur ich.«

Wieder lächelt Alev dieses Lächeln, und Ania ahnt, was es für sie bedeuten muss: Der engsten Vertrauten, der Herrscherin den Kopf abzuschlagen.

»Ich fahre alleine«, sagt Ania.

»Nein. Du wirst mich brauchen, um Maria zu erklären, warum du dort bist.«

»Wer ist Maria?«

Sie schleichen Gänge zurück, steigen versteckte Treppen hinab. Sie öffnen das Tor zur Garage, wo die Wagen warten, die nur bestimmten Menschen vorbehalten sind. Wagen, die die rote Markierung überqueren dürfen. Den Rand der Kuppeln, den Rand ihrer Welt. Alles in ihrem Leben ist kartografiert und kontrolliert, ihre Schlaf- und Arbeitsphasen, ihre Freundschaften und ihre Familienplanung, selbst ihre Blutwerte und Belastbarkeitsgrenzen. Die Stadt und ihre Menschen, da gibt es keine Geheimnisse, außer jenen, die es eigentlich nicht geben darf. Ruth hat die Fäden in der Hand. Sogar das Gift kann sie so steuern, dass es nur diejenigen trifft, die es treffen soll. Ruth wollte sie töten. An einem normalen Mittwochnachmittag. Ania spürt, wie ihr die Beine schwer werden. Wie jeder Schritt zur Belastung wird. Du bist zu schnell, denkt sie. Du vergisst deine Rückendeckung. Es ist verrückt, zu ihr zu fahren. Du weißt nicht, was sie noch tun wird.

Oder was sie getan hat.

Ein Gedanke keimt, beginnt zu wachsen, so übermächtig, dass Ania übel wird. Dünne Luft in der Garage, metallischer Geschmack in ihrem Mund. Ruth mit Familie, Ruth zwischen den Ruinen. Eine Seele in Trümmern, die Zukunft verloren. Wozu war die Trümmerfrau fähig?

Alev neben ihr bleibt stehen. Sie tippt auf den Sensor an ihrem Handgelenk, die Türen eines Wagens öffnen sich piepsend.

Da tritt Pola aus der Dunkelheit.

»Wo wollt ihr hin?«

24

Ruth schiebt das Blatt, das den braunen Stängel umgibt, leicht zur Seite. Sie setzt die Schere an, ein schneller, glatter Schnitt – und zieht die verdorrte Blüte aus dem raschelnden Grün. Ihr Einblatt, spathiphyllum wallisii, verbotenes Vergnügen: eine Mitbewohnerin, die Wasser braucht. Ruth streicht mit ihren Handflächen über die glatten ovalen Blätter. Die Pflanze lässt sich nicht beirren vom Chaos der Welt draußen. Sie bleibt in ihrem Rhythmus, und zweimal im Jahr schenkt sie Ruth ihre weißen, duftenden Blüten.

Aus der Küche hört sie Marias Topfgeklapper. Wie sie diese Ruhe liebt. Die Gewissheit, ungesehen und ungestört dabei sein zu können, wenn für sie gesorgt wird. Ruth legt ihre flache Hand auf die große Fensterscheibe. Sie hat es in ihren eigenen Händen: Den Rhythmus vorzugeben. Von der Müdigkeit zurück zur Kraft zu kommen. Ein Lächeln kitzelt ihre Mundwinkel. Ja, sie werden einige Wochen brauchen. Vielleicht sogar Monate. Zuerst wird die Trauerzeit eingehalten werden müssen. Dann beginnen die Auswahlverfahren von Neuem. Und so eine wie Ania zu finden wird nicht leicht werden. Ruth hat sich selbst eine weitere Blütezeit geschenkt. Vielleicht auch zwei?

Mit Pola wird es dieses Mal schwieriger. Aber auch das wird sich lösen.

Süßlich-würziger Duft legt sich in die Räume. Ruth hört es zischen und gluckern in der Küche. Wie ein Kind darf ich sein, denkt Ruth. Umsorgt und voller Zuversicht. Sie denkt an die Couch in Großmutters Küche, sie denkt an das Knäuel von Kindern, das dort gesessen ist und aufs Essen gewartet hat, ein Kichern und Drücken,

Haut an Haut, Geborgenheit und dieser unerklärliche Optimismus, der nicht auszulöschen ist. Immer wieder hat Ruth ihn gesehen, bei den Mädchen zwischen den Steinen, bei den Mädchen ohne Väter, unter den Kuppeln und in den Lazaretten. Woher kommt sie, diese unbezwingbare Lebenslust, die blinde Sturheit, die durch die kleinen Körper fließt und die ihnen sagt, dass die Welt etwas Gutes für sie bereithält?

Ruth legt beide Hände auf ihren Bauch. An einem Tag wie heute, an einem so guten Tag, erlaubt sie sich eine Erinnerung. Sie erlaubt sich, einen Namen auszusprechen. »Minna.«

Die Erbse in meinem Schoß, das Glühen in meinen Armen. Mutter zu sein. Wenn sie die tapsenden Schritte hörte, die Tür sich öffnete, sie zu ihr ins Bett kroch. Dieser kleine, wendige Körper. Die Finger, nicht länger als Streichhölzer, die sich Hautfalten und Wärme suchten. Wenn sie über die Bettkante kletterte und sich auf ihren Bauch legte. Der kleine, lockige Kopf, der sich in ihre Halsbeuge drückte. Der Duft, oh, dieser Duft. Und das Lachen. Dieses Lachen. Klares Glucksen, dann immer lauter, bis das ganze Kind sich schüttelte. Minna. Wenn du sie anschautest und an jeder Faser dieses kleinen Menschen erkanntest: Das ist die Zukunft. Das ist es wert.

Genug.

Genug für heute.

Ruth räumt die Schere in eine der Schubladen im großen Tisch und bringt die abgestorbenen Blüten zum Müll. Die Tür zu Simons Zimmer steht offen, auch er hat heute einen guten Tag, er hat von Reisen gesprochen, die Ruth selbst schon fast vergessen hat. Ruth nimmt eine leichte Decke vom Regal und legt sie Simon über die Beine. Er bewegt sich tagsüber kaum, oft ist ihm kalt. Auch das vergisst er. Ruth hebt Simons verschränkte Arme und zieht ihm die Decke bis zum Bauch hoch.

Vorsichtig legt sie seine Arme darauf ab, und langsam streicht sie die Falten glatt.

»Hallo, Ruth.«

Ania steht im Raum. Wie aus dem Nichts, von einer Sekunde auf die andere. Gerade ist Ruth noch durch diese Tür gegangen, und jetzt steht Ania hier. Ruths Herz klopft, und das Rauschen in ihren Ohren dröhnt wie ein Wasserfall. Instinktiv streckt sich Ruth, schiebt ihren Körper vor den Lehnstuhl, in dem Simon sitzt und schläft. Ein Fehler: Ania versteht sofort, dass Ruth etwas verstecken möchte, und vorsichtig geht sie jetzt auf sie zu. Ihr Kopf fällt nach links, ihre Augen stieren an Ruth vorbei, und Ruth bläst sich auf, macht sich größer. Bis Ruth versteht, dass es keinen Zweck hat. Also lässt sie die Arme sinken und tritt zur Seite.

Anias Mund öffnet sich. In ihren Augen leuchtet die Fassungslosigkeit.

»Ist das ein…?«

Ruth nickt.

»Der Letzte seiner Art.«

Ania schleicht weiter, sie umkreist den Stuhl, immer mit einem Meter Sicherheitsabstand. Sie hat Angst, denkt Ruth amüsiert, und das löst sie aus ihrem Schock. Sie sagt: »Warum bist du hier?«

Ania streckt den Rücken durch, nicht, ohne noch einmal einen prüfenden Blick auf Simon zu werfen.

»Ich kenne dein Geheimnis.«

Anias Lider flattern. Sie pokert, denkt Ruth. Das kann ich auch.

»Und das wäre?«, sagt sie.

»Du hast Sinele umgebracht.«

Die schwarzen Striche über Anias Augen kräuseln sich. Sie beißt sich auf ihre Lippen. Ich mag sie, denkt Ruth. Es ist schade um sie. Und um Alev. Wie sonst wäre sie hierhergekommen?

»Sinele hab ich nicht angerührt«, sagt Ruth. »Der Mensch ist ein soziales Wesen. Sie hat gewusst, dass sie die Isolation nicht überleben wird.«

Ania schüttelt trotzig den Kopf. Ja, dieses Kind hat Angst vor mir, denkt Ruth, und sie genießt es: Eine Genugtuung für das Buckeln der vergangenen Wochen.

»Hat dir das Kuppelkonfekt geschmeckt?«, fragt Ruth.

Ania lächelt, und kurz fehlt Ruth der Atem, ein Gedanke kommt ihr, doch da nickt Ania schon und sagt:

»Aber ein bisschen Schokolade macht die Sache auch nicht wieder gut.«

»Oh, da täuschst du dich, meine Liebe«, sagt Ruth. Sie legt ihren Arm auf die Rückenlehne von Simons Sessel.

»Kennst du eigentlich die Entstehungsgeschichte dieses Konfekts?«

Ania starrt sie steif an. Ihre Arme hängen lang und die Hände kneten sich zu Fäusten. Überlegt sie wirklich, sie zu schlagen? Nein, Ania verfügt über Selbstkontrolle, das weiß Ruth. Sie haben sie diesbezüglich intensiv getestet.

»Hast du die Androtoken vergiftet?«, fragt Ania. Es schießt aus ihr heraus, die Lippen spucken es hervor, als wären die Worte brennend scharf. Ruth denkt: Ich hätte sie nicht für so schlau gehalten. Ohne dementsprechende Ausbildung, nur durch ihren starrköpfigen Egoismus. Ja, es ist schade um sie.

Ruth sagt:

»Wir haben damals gewusst, dass wir neue Auszeichnungen brauchten. Etwas Weiblicheres, verstehst du?«

Ania schaut verwirrt, sie versteht nichts von dem, was Ruth sagt. Gut so, denkt Ruth. Sie sagt:

»Was gab es davor? Medaillen. Pokale. Orden auf Uniformen. Alles Ableitungen von Kriegsutensilien. Was sollten wir damit? Die Kriege waren vorbei. Eine neue Zeit war angebrochen. Deshalb haben wir uns für etwas entschieden, das immer belächelt wurde. Sie haben es sich liebend gerne in die Münder gestopft, aber wert war es nichts. Nun, wir haben den Wert gekannt. Wie lange es dauert, bis die Schokolade gerührt ist. Wie dünn der Blätterteig ausgerollt werden muss, damit er diesen luftigen Geschmack erhält. Das ist der Grund, warum das Kuppelkonfekt unsere höchste Auszeichnung geworden ist.«

Ania bewegt den Kiefer, sie weiß nicht, was sie tun soll, denkt Ruth. Sie sieht die Spannung von der Kinnlinie über den Hals laufen. Sie sieht den Puls unter der weißen Haut pochen, in der Mulde zwischen ihren Schlüsselbeinen, sie sieht, wie Anias Aorta das Blut durch seine Bahnen pumpt, und Ruth weiß, was sich dort gerade abspielt. Sie weiß, wohin die Teilchen fließen, die Ania zu sich genommen hat, wie die Proteine arbeiten und werken, und sie weiß, wo sie sich sammeln werden. Auch das macht die Großartigkeit ihrer Entdeckung aus: sie ist nicht nachweisbar, und sie tut niemandem wirklich weh. Ein schneller, unspektakulärer Tod. Human und ohne Drama. Ein paar Stunden noch, dann werden sie Ania der Sonne übergeben können.

Doch noch ist sie am Leben. Und neugierig. Sie fragt: »Wie hast du es gemacht, Ruth?«

25

Simon war nach Hause gekommen. Vielleicht könnte man glauben, dass sie das aufgehalten hätte: einen Mann in die Arme zu schließen, den sie liebte. Doch das Gegenteil war der Fall. Simon war das einzige männliche Wesen auf diesem Planeten, an dem ihr etwas lag. Und als er um zehn Uhr abends in einem Rollstuhl hereinschoben wurde, mehr Matsch als Mensch, konnte sie endlich beginnen, das, was in den zerborstenen Mühlen ihres Körpers Tag und Nacht wälzte, in die Tat umzusetzen.

Der erste und schwierigste Punkt war, Simons Versorgung zu garantieren, ohne denen aufzufallen, die glaubten, die Lage kontrollieren zu müssen. Zweimal pro Tag stand sie in der Schlange für die zusätzlichen Wasserrationen. Seit der Schleusenöffnung waren die Vorräte massiv gekürzt worden und die Kämpfe darum entbrannt, als ginge es um Gold. Sie sah ihren alten Chef in der Schlange stehen, derselbe, der Pola abgewimmelt hatte mit den Worten, dass Wasser nichts wert sei: Sie sah ihn mit aufgesprungenen Lippen warten, sah in betteln um eine Flasche mehr. Ruth verspürte keine Schadenfreude, Ruth spürte gar nichts mehr. Die Hüllen ihrer selbst, die Schale, sie lief problemlos und geschmeidig. Sie konnte sich bewegen, sie konnte aufstehen und sich setzen, sie konnte Wasser und Nahrung zu sich nehmen und sie wieder ausscheiden. Ihr endothermer Organismus war eine Maschine geworden. Sie funktionierte, und nichts deutete auf die schreiende Leere in ihrem Inneren hin.

Sie selbst reduzierte ihren Wasserkonsum so weit es ging, um es für Simon zu sparen. Und gleichzeitig gewöhnte sie ihn daran, mit wenig auszukommen. Sie war sich nicht sicher, wie lange es wirklich dauernd würde.

Jeden Abend, wenn die Ausgangssperren in Kraft traten, stand sie in ihrem Badezimmer und arbeitete. Die Mengen, die sie herstellen konnte, waren zu gering, sie brauchte jede Stunde, die sie die Augen offenhalten konnte. Denn sie würde es nur einmal tun. Und dieses eine Mal musste funktionieren.

Die Frage, die sie bis zum Schluss nicht beantworten konnte, war: Würde sie es alleine schaffen, oder würde sie Pola einweihen müssen?

Sie hatte Pola auf Abstand gehalten. Ruth wollte nicht, dass sie ihre Wohnung betrat, denn Pola wusste nichts von Simons Rückkehr. Daran erkannte Ruth, dass sie mit einem Fuß schon über dem Abgrund stand: Sie hatte Pola aus ihren Gedanken ausgeschlossen. War es die Furcht, dass Pola sie vielleicht davon abhalten könnte? War es Verantwortung einem anderen Menschen gegenüber? Wer kann das schon sagen, nach so vielen Jahrzehnten. Doch Pola war Pola. Und keine Woche später hämmerte sie an ihre Tür und drohte, sie noch einmal einzutreten, wenn sie ihr nicht sofort öffnete. Ruth stellte sicher, dass Simon schlief, und dann schlüpfte sie hinaus aus ihrer Wohnung. Sie fiel in Polas Umarmung, und die oberste Schicht ihres Panzers wurde brüchig. Und Ruth verstand, dass es nicht darum ging, ob sie es alleine schaffen *könnte*. Sie wollte es nicht. Sie wollte Pola an ihrer Seite. Wenn sie schon weiterleben musste, dann wollte sie es verdammt nochmal nicht alleine tun.

Also zog sie Pola fort, durch die dunklen Straßen der Ausgangssperre, durch den Bombenlärm und die Blitze am Horizont, es gab keine Straßenbeleuchtung mehr, nur Schatten und Schluchten, und jeder Schutthaufen ein Golem, der dich anstarrt. Sie rannte mit ihr die Treppen der Kapelle hinab, allein, unter die Erde, in den Schutz der Kuppeln, in ihr Versteck, und sie erzählte von der Möglichkeit, die sie, Ruth, geschaffen hatte. Alles, was sie bräuchte, wäre der Zugang zum einzigen noch nicht verstrahlten Wasserspeicher dieser Erde. Und Ruth ließ nichts aus: Sie erzählte von den Konsequenzen und den Notwendigkeiten, die auf die Überlebenden zukommen würden. Von den unzähligen Toten und der verantwortungsvollen Aufgabe, die Menschheit danach aus diesem Horror herauszuführen.

Wovon sie nicht erzählte, war Simon. Eine menschliche Hülle, viel mehr war nicht übrig, warum sollte sie Pola auch noch diese Sache umbinden.

Pola saß vor ihr am Boden. Sie sagte kein Wort. Sie hörte ihr zu, und Ruth sah, wie die blauen Augen zu schwimmen begannen und überliefen, in kleinen Rinnsalen über die eingefallenen Wangen. Und dann sagte Pola:

»Sind wir nicht auch ein Teil der Natur? Dürfen wir uns nicht wehren?«

»Wir dürfen uns wehren. Und wir können es.«

»Wir sind der Kipp-Punkt. Zum Guten.«

»Ja, Pola. Wir könnten das alles hier beenden und neu beginnen.«

»Und niemand wird es hinterfragen. Das Große Sterben ist die logische Reaktion der Natur auf das, was wir ihr angetan haben.«

Ruth nickte. Sie nahm Polas Gesicht in ihre Hände und küsste sie.

Pola sagte:

»Nur dieses eine Mal?«

»Ja. Es braucht nur ein einziges Mal.«

»Dann machen wir es. Für die Frauen, die noch kommen werden.«

Vier Tage später stiegen sie eine gewundene grüne Wendeltreppe hinab. Sie öffneten eine Tür, die seit Jahrzehnten nicht mehr geöffnet worden war, weil die Überwachung des Speichers längst automatisiert erfolgte, eine Tür, die längst vergessen war, nur eine Handvoll Menschen wussten darüber Bescheid, und noch weniger hatten die Berechtigung, sie zu öffnen. Pola war eine von ihnen. Moosige Schlieren überzogen die Felswände, in die sie gehauen war, und der Lack des Türgriffs blätterte ab. Vor ihnen lag der feuchte Schlund ihrer aller Wasserversorgung. Sie leuchteten mit den Lampen hinein: ein schmaler Weg auf einem Vorsprung, in den Stein gehauen, mit Geländern gesichert, über erschreckend leeren Hallen. Die Pegelstände so niedrig, dass jeder ihrer Schritte in den Gewölben hallte.

Sie hielten sich an den Händen.

»Egal wie. Alles ist besser als die Gegenwart«, sagte Pola.

Ruth lächelte.

»Wir beginnen mit Stunde null.«

Dann öffnete sie den Verschluss und leerte den Kanister.

26

»Das *Wie* ist doch unwichtig, Ania«, sagt Ruth. »Ihr jungen Leute. Kratzt an der Oberfläche und hängt euch an Dingen auf, die überhaupt keine Bedeutung haben. Prioritäten erkennen oder, noch schwieriger, sie zu setzen – das muss man erst lernen.«

Ania möchte wortgewandt sein, das sieht Ruth, ihre Augen jagen unruhig hin und her, sie sucht nach Begriffen und geschliffenen Redewendungen, und doch vernebelt ihr Ruths Offenheit das Gehirn. Oder ist es schon das Gift? Ich werde es ihr leicht machen, denkt Ruth. Ich werde reden.

»Viel wichtiger ist das *Warum*. Wie viele Male habe ich dir in den letzten Wochen versucht zu erklären, dass es einen Grund gibt, warum sie weg sind. Du hast es nicht hören wollen.«

»Du hast sie ermordet«, sagt Ania.

»So würde ich das nicht bezeichnen. Es war Selbstverteidigung.«

Ruth geht einen Schritt auf Ania zu, und die weicht ängstlich zurück.

»Dich würde es zum Beispiel nicht geben, wenn ich es nicht gemacht hätte. Ania. Und Alev. Du weißt, warum die Namen von euch jungen Frauen mit A beginnen?«

Sie lächelt Ania an.

»Ich konnte es nicht riskieren, die Männer am Leben zu lassen. Aber jetzt sind wir alle in Sicherheit.«

Ania macht einen Schritt zur Seite, sie starrt auf Simon und sagt:

»Warum ist der dann noch da?«

Ruth holt tief Luft. Das Spiel wird ihr langweilig.

»Ach Ania«, sagt sie. »Man verlangt von einer Führungskraft so viel. Manchmal muss man anderen Dinge auferlegen, die man selbst nicht halten kann.«

Ania tritt von einem Fuß auf den anderen, versucht, sich auszutarieren. Das Gezappel macht mich nervös, denkt Ruth.

»Wer war noch beteiligt?«

Ruth lächelt. Polas Hand in ihrer. Blaues Wasser, in Blicken und Boden.

»Niemand sonst. Nur ich«, sagt Ruth.

Ania schaut ungläubig.

»Wirklich? Du alleine?«

»Frauen zu unterschätzen war schon immer sehr gefährlich, Ania.«

Ein Geräusch ist zu hören, es kommt aus dem Wohnzimmer. Schritte, und ein Knarren. Maria zischelt. Ruth kennt die Geräusche dieses Hauses. Das hier ist fremd.

»Ist Alev mitgekommen?«, fragt Ruth. Eine Ahnung schleicht sich an, die ihr die Sicherheit mit kalten Fingern aus der Lunge kratzt. Ruth hustet. »Bist du alleine?«

Ania zeigt ihre Zähne, den kurzen und den langen Eckzahn.

»Ich hab es nicht gegessen«, sagt sie.

Schlaues Kind. Schlaues, armes Kind.

»Ich werde dich trotzdem nicht gehen lassen.«

Ania ballt die Fäuste. Sie macht sich größer und sagt:

»Es gibt eine Nachricht, an alle wichtigen Menschen im Land. Ich muss sie deaktivieren, sonst geht sie heute Abend raus. Wenn du mich umbringst, bist du trotzdem am Ende.«

Ania sagt es, als würde sie eine Rolle spielen. Das Mädchen, das versucht, mir Angst zu machen, denkt Ruth. Sie lacht.

»Hast du von Sinele nichts gelernt? Wer würde dir glauben?«

»Simon?!«

Ruth reißt den Kopf herum: In der Tür steht Pola. Pola. Offener Mund, ungläubiger Blick. Mit angezogenen Armen, die Hände vor der Brust, betritt sie das Zimmer und geht langsam, zögernd weiter, nähert sich dem Lehnstuhl mit buckeligen, spitzen Schritten. Die Fassungslosigkeit schlägt Löcher in ihr Gesicht.

»Simon lebt?«, sagt sie.

Und jetzt bricht der Boden, ohrenbetäubend, die Wände und die Schränke und alles, was fest erscheint, zerbröckelt, und Ruth klammert sich an den Lehnstuhl mit ihren zerfallenden Fingern. Sie sieht Pola und sie sieht Simon, der aufgewacht ist und mit Fäden in den Mundwinkeln nach ihr ächzt.

Und sie weiß, das ist das Ende des Weges.

Polas Blick ist bitter und hart, trägt Ruth eine Schuld? Ja, die Verantwortung für die Welt, wie sie jetzt ist, die liegt bei ihr und die wird sie nicht von sich weisen, aber Schuld? Muss sie bereuen, was sie getan hat? Sie bereut, Pola belogen zu haben, jetzt in diesem einen Moment hätte sie ihre Beziehung gerne als Perle mitgenommen, als einzige Sache in ihrem Leben, die geglückt ist, aber Pola steht da und weint und Ruth versteht, dass sie auch dafür die Verantwortung wird übernehmen müssen: Pola unglücklich gemacht zu haben. Auch wenn Pola es war, die losgerannt ist, die Ruth mitgenommen und emporgehoben hat, ihr die Augen aufgerissen hat für die strahlenden Möglichkeiten hinter dem Elend, war es doch Ruth, Ruth alleine, die Pola den Abhang hinabgezerrt hat.

Das bereut sie.

Sonst gibt es nichts zu bereuen. Um die Menschheit vorwärtszubringen, braucht es immer Opfer, und ja, es wird immer mit hohen moralischen Ansprüchen argumentiert, doch in Wirklichkeit ist es brutaler, nackter Verteilungskampf, und niemand kommt da ohne Blut an den Händen lebend raus.

Wie in Watte gepackt steht Ruth jetzt im Raum. Pola und Ania starren sie an, auch Alev ist plötzlich hier, und Maria: besorgt um den Türrahmen herum spähend, sie beobachtend. Ein Kammerspiel, mit ihr als Hauptdarstellerin. Der Fluss in ihren Ohren rauscht, das gedämpfte Licht blendet sie. Ruth greift unter ihre Achsel, sucht den Knoten, der schon seit Langem ihre Tage zählt. Sie wollte anders gehen, aber nun soll es so sein. Sie wird die Kontrolle über ihr Leben behalten.

Ruth dreht sich langsam um, sie geht ein paar Schritte zu einem der Schränke und öffnet eine Lade. Vor ihr: gerahmter Spiegel, die Reflexion einer alten Frau. Wenn sie sich selbst in einem Bild beschreiben müsste, dann wäre es das: breite Beine fest am Boden, den Unterkiefer vorgereckt. Im Schatten. Versteckt und behütet, um die sein zu können, die sie ist, eine Arbeiterin, ein Mensch ohne Glanz, aber mit Substanz. Dunkle Materie in einer verglühenden Welt. Eine Frau unter Kuppeln. Das ist sie, Ruth.

Sie holt hervor, was seit Langem hier liegt. Ruth ist gerne gut vorbereitet. Sie geht zu Simon und streichelt ihm vorsichtig über die Stirn. Sie lächelt ihn an. Mit ihrem Zeigefinger und ihrem Mittelfinger kippt sie sanft sein Kinn nach unten, und dann legt sie ihm die Pille auf die Zunge.

»Trink einen Schluck«, sagt sie und gibt ihm sein Glas mit Wasser.

Keine der Frauen reagiert, das hier könnte alles sein,

eine liebende Ehefrau, die sich um ihren Mann kümmert, oder doch etwas anderes? Und wer weiß, vielleicht wimmert Alev gerade deshalb, und Maria schlägt die Hände vors Gesicht. Pola, sie kann Pola nicht in die Augen schauen, sie dreht sich weg von ihr, zu Ania. Eine Welle der Zuneigung überkommt sie, jetzt, wo die Kämpfe beendet sind. Ania, der Nexus der Zukunft. Die Tigerin. Sie ist im Sprung. Das ist gut so.

»Mach mit der Wahrheit, was du möchtest«, sagt Ruth. »Sie gehört jetzt dir.«

Ania starrt sie an, die Augen blitzendweiß unter den schwarzen Brauen, und Ruth denkt: Menschen sind so, sie sind gepolt darauf, auf Gesichter zu schauen, leicht abzulenken, und wie eine Magierin hält Ruth die Aufmerksamkeit oben, sagt: »Ihr habt es also herausgefunden«, und währenddessen stülpt sie sich ungesehen den Veni-Pin über die Kuppe des Mittelfingers. Ihr Mund und ihre Augen sprechen weiter, sagen: »Das hättet ihr nicht gedacht, oder?«, und niemand antwortet, alle starren sie an, starren in ihr Gesicht. Gut so.

Sie zieht unsichtbar die Schutzhülle von der kleinen Nadelreihe. Lässt sie fallen. Das klackende Geräusch des Aufpralls zieht die Blicke für einen Moment nach unten, und Ruth nutzt den Moment. Sie hebt die Hand an ihren Hals. Mit dem Zeigefinger sucht sie nach der pulsierenden Stelle, sie legt den Mittelfinger dazu und drückt die Nadeln hinein. Ein Stich. Und Ende der Vorstellung.

Das geschieht so schnell, niemand kann reagieren, Pola springt in ihre Richtung, aber es ist schon zu spät.

»Danke, Pola. Für alles«, sagt Ruth.

Und jetzt gibt es doch noch einen Tumult, aber er entfernt sich. Ruth hat ihre Türen schon fast geschlossen. Sie hört die Stimmen gedämpft, wie durch hundert Schichten Wolle, und sie sieht die Farben ausbleichen wie die Wiesen ihrer Kindheit im Hochsommer. Sie bekommt ihre Ruhe zurück. Pola schreit und weint. Und Ania ruft: »Warum, Ruth? Warum?«

Und Ruth sagt:

»Wir wollten Menschen sein. Keine Frauen.«

27

Und wenn wir sind, dann sind wir alles, und wir sind alles zugleich. Stürzende Flüsse und fallende Planeten, der Himmel und die Erde und alles darin. Wir sind lärmendes Chaos, das sich zu klaren Gedanken formt, und wir sind pulsierende Stille, die uns wachsen lässt. Im Takt des Universums summt jede unserer Zellen, und der Mond lenkt unser Blut. Wir atmen Luft, die die Sonne berührt hat. Die Kumulation, die sich Mensch nennt – sie ist alles, und sie ist alles zugleich.

Und wenn wir nicht mehr sind, dann werden unsere Flüsse ihren Weg zurück in die Ozeane finden. Dann werden unsere Planeten kreisend ihre Bahnen ziehen und uns vergessen machen.

Von der Sonne kommen wir, zur Sonne gehen wir. Und unser Herz gehört jenen, die die Arme ausbreiten und uns Schatten schenken.

EPILOG

Wir nennen es Winter, denkt Ania, weil wir die Bewegung brauchen und den Wechsel der Möglichkeiten. Weil wir es nicht ertragen, gleichförmig dahinzuleben, ein Tag wie der andere. Die Kinder am Balkon: alle sind sie weiß gekleidet. Sie eröffnen das Winterfest. Auf ihren Armen und Bäuchen zeichnen sich die grauen Flächen der Kuppeln ab, tanzen und bewegen sich mit ihnen, weil keines der Kinder stillhalten kann. Kleine Treppchen haben sie ihnen gebaut, damit sie sauber aufgereiht stehen und auch von den Menschen auf dem Platz gesehen werden. Sie sind die Sensation des heutigen Tages. Sie rempeln und kichern und bohren mit ihren kleinen Fingern in ihre weißen Hosen, und immer wieder reißt eines der Kinder den Kopf herum und die Arme hoch. Die Lehrerin legt schmunzelnd den Zeigefinger an die Lippen: Ruhe! Auch Ania muss lächeln. Jetzt sieht sie Zia taumeln und mit den kleinen Ärmchen kreisen. Sie fällt auf das Kind neben ihr, und beide lachen so unvermittelt und direkt, dass man einfach mitlachen muss. Mit roten Wangen und verkniffenen Augen steigt Zia wieder auf ihren Platz zurück. Wenn sie sich schämt, sieht sie Carmen noch ähnlicher. Ania spürt einen Stich zwischen den Rippen. Das ist der Grund, warum Ruth immer von Verlust gesprochen hat. Weil sie gewusst hat, wie es sich anfühlt, etwas zu besitzen, abseits von materiellem Wert.

Lange hat sie nicht an Ruth gedacht, aber selbstverständlich: Der Balkon, die Feierlichkeiten. Als Schutzherrin ist sie ihnen in Gedanken erhalten geblieben, allen hier auf dem Platz. Ania gab sie die Möglichkeit, ein neues Kapitel zu eröffnen.

Links vom Kinderchor macht sich das Orchester bereit. Dreimal klopft die Dirigentin mit dem Stab auf ihr Pult, und damit startet ihr Winter.

Am Stuhl neben ihr sitzt Alev. Erhaben, geordnet wie immer. Sie – die Jungen – regieren anders als die Alten vor ihnen, haben sich ihre eigenen Regeln gemacht. Sie mussten sich ihre Gesellschaftsordnung nicht mit so viel Leid und Blut erkämpfen und haben vielleicht gerade deshalb die Chance, es besser zu machen. Wie sentimental du heute bist, denkt Ania. Es muss an den langen Mondphasen liegen.

In der Hitze des Tages sitzt Ania still, und die Musik legt sich in großen Wellen über sie und die Menschen ihrer Welt. Die Lehrerin hebt die Arme, und konzentriert beginnen die Kinder zu singen. Hohe, glockenklare Stimmen. Sie singen ein Lied über die Schönheit der Erde. Sie singen: *Und diese Schönheit spiegelt sich in deinem Gesicht.* Ania hört Pola weinen: Der Ehrengast zu ihrer Rechten. Lautlos und trocken, ein fast unhörbares Wimmern. Ania nimmt ihre Hand, und Pola beugt sich zu ihr, nah zu ihrem Ohr. Sie sagt:

»Im Winter holt sich die Erde ihre Kraft zurück.«

Sie sagt es ohne Spott, ohne Zynismus. Und sie verzichtet an diesem heutigen Tag darauf, Anias Zweifel zu nähren. Das tut sie eigentlich nie. Nur manchmal fühlt Ania, dass Pola ihre Worte zurückhält, und dieses Schweigen steigt auf wie eine rote Flagge. Ania weiß noch immer nicht, was Ruth gemeint hat. Und sie wird Pola nicht danach fragen. Sie hat den Neuanfang eingeleitet, und sie hat die Taten der Generationen vor ihr der Sonne übergeben. Und deshalb stehen auf den Treppen vor ihnen Mädchen *und Buben*, alle in Weiß, mit kurzen und langen Haaren, mit fehlenden Zähnen und flaumbesetzten Ohren. Menschen und Androtoken: sie wachsen miteinander auf, friedlich und mit denselben Werten. Es wird gelingen. Und wenn nicht – Ania ist auf der Hut. Sie hatte eine gute Lehrmeisterin.

Das Lied ist zu Ende, und Pola zieht ihre Hand zurück, um zu applaudieren. Das Fest ist hiermit eröffnet. Die Feierlichkeiten ziehen sich durch die ganze Stadt, am Abend werden sie die Kuppeln mit Bildern von Eiskristallen beleuchten und die Wagen mit dem geschnitzten Obst in die Straßen schicken. Sie hatten ein gutes Jahr, mit stabilen Ernten und steigenden Geburtenraten. Die Sonderrationen für das Fest verkraften sie leicht.

Eine junge Frau mit strahlend grünen Augen, die hier im Regierungsgebäude arbeitet – sie muss eine der Assistentinnen der Hydroabteilung sein –, reicht Pola einen Arm und hilft ihr, aufzustehen. Polas Beine: dünn, zittrig, als sie sich erhebt und ihre Hose um den Körper flattert. Die letzten Jahre haben ihr zugesetzt, denkt Ania. Körperlich, an den langsamen Schritten sieht man es. Aber in dem Moment, wo Pola spricht, ist die Energie zurück, ihr Feuer hat sie nicht verloren. Sie schäkert und lacht mit der jungen Frau. Ich hab sie lange nicht gesehen, denkt Ania. Wir sollten unsere wöchentlichen Teerunden wieder aufnehmen.

Ania tritt ans steinerne Geländer des Balkons. Sie sieht, wie die Menschen auf dem Platz Gruppen bilden. Mosaike aus Köpfen, im Wirrwarr der Farben ihrer Kleidung. Sie plaudern und lachen. Kleine, weiße Punkte: Die Kinder, die jetzt nach unten laufen und in die Arme geschlossen und in der Luft gekreiselt werden. Eine lebendige Gemeinschaft, denkt Ania. Ein Leben, das funktioniert. Sie wird tun, was notwendig ist, damit das so bleibt. Denn, denkt sie: Was wäre eine Welt wert, die ich nicht selbst gestalten kann? Das Ende kann warten. Wir haben noch so viel vor.

VIELEN DANK AN

das gesamte Team von Kremayr & Scheriau, im Speziellen an Paul Maercker (für sein genaues Auge, sein fantastisches Gespür für Sprache und seine Leidenschaft für dreckige Science-Fiction);

Maria Teuchmann, Sabine Pribil und das Team vom Sessler Verlag (für die geöffneten Türen und die gesicherten Schlösser dazu);

Maria Pertiller und Tina Keuchel (für die professionelle medizinische Beratung bei allen möglichen Untergangsszenarien);

Stefan Ströbitzer (dafür, dass meine Prioritäten prioritär sein dürfen);

Gerhard Maier (für die inspirierenden Gespräche zum Ende der Welt);

Daniela Schwabl (fürs Händchenhalten am Weg durchs Dickicht der Selbstständigkeit);

Lisa Gadenstätter und Hedi Lusser (fürs ewige Zuhören und Motivieren in den Momenten, wo es am wichtigsten war);

meine große Familie (für die vielen Geschichten, die ich in mir trage);

Sabine Brauner (die kreative Gefährtin meines Lebens; ohne dich hätte ich das nicht geschafft);

meine Tochter Frieda (für den Zauberspruch, den du mir geschenkt hast) und

Michael Schmid (für die scharfen Beobachtungen, die du mit mir teilst, für die Empathie, mit der du mir zuhörst, für deine Fähigkeit zur Reflexion, und ja: für deine Liebe im Allgemeinen. Und für dein Pfeffersteak im Speziellen. Wie wunderschön, dich in meinem Leben zu haben.)

Literatur bei
Kremayr & Scheriau

Barbara Rieger
Eskalationsstufen

Es wird eskalieren. Ein atemlos erzählter
Roman über die Dynamik einer ver-
einnahmenden Liebesbeziehung, von
der idyllischen Zweisamkeit bis zur
lebensbedrohlichen Gewalt – sinnlich
und schmerzhaft konsequent.

232 Seiten | ISBN 978-3-218-01422-9 | € 24,–

Gertraud Klemm
Einzeller

Ein Land vor dem Rechtsruck: Im Reality-
TV-Format »Big Sister« diskutieren Femi-
nistinnen verschiedenster Generationen
und Ansichten öffentlich ihre Positionen
zu Religion, Gender-Identität, Sexarbeit.
Und während sie einander vor laufender
Kamera zerfleischen, nimmt die politische
Wende ihren Lauf…

*»Einer jener seltenen Romane, mit denen man sein Denken
auf ein höheres Niveau befördern, ihm quasi ein Upgrade
verleihen kann: ein bisschen wie das Kir Royal des modernen
Feminismus. Ein großer amüsanter Gesellschaftsroman.«*
Denis Scheck

312 Seiten | ISBN 978-3-218-01382-6 | € 24,–

www.kremayr-scheriau.at

ISBN 978-3-218-01424-3
Copyright © 2024 by Verlag Kremayr & Scheriau GmbH & Co. KG,
Wien
Alle Rechte vorbehalten
Schutzumschlag und Covergestaltung: Tine Fischer
Unter Verwendung von Illustrationen von shutterstock.com
(colorful freedom; T.Photo) sowie istock.com
Typografische Gestaltung und Satz: Ekke Wolf, typic.at
Unter Verwendung von Illustrationen von istock.com (© ulimi)
Lektorat: Paul Maercker
Herstellung: vielseitig.co.at
Druck und Bindung: Finidr, s.r.o., Czech Republic

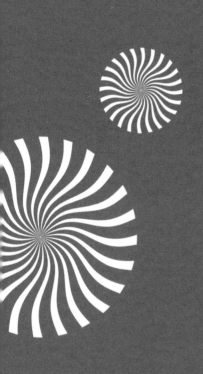